零落词采

金宏达散文30篇

金宏达 著

作家出版社

图书在版编目（CIP）数据

零落词采：金宏达散文30篇／金宏达著 . -- 北京：
作家出版社，2023.3
ISBN 978-7-5212-2060-5

Ⅰ . ①零… Ⅱ . ①金… Ⅲ . ①散文集 – 中国 – 当代
Ⅳ . ①I267

中国版本图书馆CIP数据核字（2022）第202033号

零落词采——金宏达散文30篇

作　　者：金宏达
责任编辑：韩　星
装帧设计：金　泉
出版发行：作家出版社有限公司
社　　址：北京农展馆南里10号　　　**邮　　编：**100125
电话传真：86-10-65067186（发行中心及邮购部）
　　　　　　86-10-65004079（总编室）
E–mail:zuojia@zuojia.net.cn
http://www.zuojiachubanshe.com
印　　刷：三河市紫恒印装有限公司
成品尺寸：152×220
字　　数：113千
印　　张：11.25
版　　次：2023年3月第1版
印　　次：2023年3月第1次印刷
ISBN　978-7-5212-2060-5
定　　价：48.00元

嘉言录

　　金宏达的散文格调高古，韵味苍凉、苍劲、苍莽，它的形成，固然与选取的题材、蕴涵的理趣有关，但主要的还是得之于襟抱、情怀，非历经沧桑、饱经世事，而且读书有得者不能致也。

王充闾（作家）

　　宏达文章或可如此概言，即忧郁之杂感，惆怅之殇思，其钩沉故人往事，情深意浓，实非怀旧，乃引为镜也，而所录见闻，亦折射针砭精神，有文人魂，值得读，很耐读。

梁晓声（作家）

　　宏达散文，无论忆事记往，或抒情述志，均笔致摇曳，迭起波澜，令人含咀低回，印象深刻。其中有思想却不说教，有感慨而不煽情，最是难得。

龚鹏程（学者）

　　宏达为文之高妙，浮世幽凉，灼然可见。先生之笔，远胜沽名斧凿之传。观现代散文以来，唯鲁迅文如刀刻木，无浅薄之憾，今得先生文，读来亦有此感，殊难得。

汪惠仁（作家）

读来一气呵成而又委婉有致，诸多涉笔的细节进入畅通的循环系统，圆融地呈现在完整、有机的图谱系列中。文中颇多议论而不枯燥，似可看到鲁迅的某些文风，似乎作者又回到一个有趣的原点——曾是研究鲁迅的学者，这种回归使文章具有别样的特色，即便记游也与寻常文字区别开来。

黎笙（作家）

文章不拘长短，皆别开生面，出手不凡，尤其语言最见功力。读这样的文字真乃一件快事。

袁振生（学者）

《乌江之刎》大气磅礴，激情滔滔；人生"原点"之说，更深邃悠长，余音绕梁。如此引经据典，壮怀秀笔，非一般秀才所能望之项背。

陈学超（学者）

精妙生动，老辣简洁，引乃允当，喻则妥帖，炼字炼句，"踟蹰旬日，文始立矣"。果然文章老更成。

梁春域（学者）

何谓文学，何谓纯正汉语，读之应不言自明。

查振科（诗人）

目次

自序

我大学本科读的是中文系，后来读硕士、博士也都是习文学，比较认真写起散文来却甚晚。第一本散文集是花城出版社出的，用了其中一篇的题目"金顶恒久远"作书名，确实不敢自许是什么"久远"之作，只是起名图方便之故。出了书，寄给几个朋友看，反响居然有些出乎意料。那本书中，若干文章虽也在报刊上发表过，其实读者很少，寥寥几声赞扬，也足以令我振奋，并引以自励。后来，陆续又写了一些，到2014年，结集在人民文学出版社出版，书名《达观》，摘了我名字的末字，其意是说"我观"而已，当然，也有意攀上"达观"一词的本义，这个倒不算什么僭妄，在起伏不定的生活途程中，谁没有偶尔"达观"的一刻，或引"达观"以自慰、自勉呢？

那本书里收有旧作，也有当时的新作。我一直觉得，写散文很难做到优质又高产——小说可以关起门来写上一两月，出一部几十万字长篇，散文做不到。散文不绝对排斥虚构，但好的散文，一定出自作者的真情实感，含有作者自己的经历或阅历，一个人的人生再丰富，能汲入散文，向世人呈献的，毕竟不会很多。

　　又有若干年过去了，考虑再出一本集子，新写有一些篇什，结集仍仿旧例，以新为主，新旧兼收。旧作是自以为可以保存的，网上开公众号之后，我也曾将一些文字放在那里展示，有的还特地央请朗诵专业人士制作了音频。听的效果似乎更胜于看，友人们点赞之余兴未尽，有的也不吝再赠几句评语，看去并非敷衍和客套，于是，增加了再拿出来与新写的文字一起"同框"的信心，相信不是充数的滥竽之属。书名用了《零落词采》，词采是我所喜欢的，生活不管如何，总还是需要有一点余裕心，有一些亮丽的装点，落在文章上，便是词采。我也一向以为："散文佳胜者：一为境界，二为神韵，三为文藻。"境界与神韵，达至的难度最大，文藻或词采，却是可以看得到"偏科"成绩的。中国文化蕴蓄于汉语，滋荣如此宏富之文词，总令我倾心不已，今天和今后的写作者在传承上做些努力，也是责无旁贷。可惜限于才学，我的文字中，只能有一些零落的表现，虽然汇集、展示在这里，内心还是十分惭惶的。

2023 年元月 31 日

辑一

丁香之殇

　　小区里种有许多树，我家在一楼，小院的栏杆外，有两棵丁香树，就是诗人戴望舒所谓的那个结着愁怨的丁香，他盼着遇见像丁香一样的姑娘，我们比他幸运，每天每时都能看到像姑娘一样的丁香。我们的丁香也有诗人欣赏的一样的颜色，一样的芬芳，却没有哀怨，没有惆怅。

　　她们（我还是给它们女性的代词吧）一棵开紫色的花，一棵开粉色的花，像穿着不一样的裙裳。春天刚到，杏花开了，玉兰花开了，海棠花开了，各种花树，都乱摇着鲜艳的顶戴玩"嗨"了。我们的丁香也不甘落后，马上加进这个春的大联欢中来，转眼间，枝头缀满了一簇簇花蕊。不过，她们真的不那么绚烂，不那么博眼球，甚至显得有些寒素，也有点娴静，像是来到了繁华、热闹之地，却又不自主地退后，要隐身在青青绿绿的大幕里。她们静静站在那里，只有风儿懂得她们幽微的芬芳。

我很欣赏她们的这个态度，她们确实很普通，普通得就像进城赶集的两个农家姑娘。在这个开花的时令，我看见她们，不禁想到"姊妹花"这个词，她俩相距一丈多，中间的枝啊、叶啊几乎搭上了，像挽着手，一起来到这里。我无法指认她们哪个年长一点，就算右边这棵开紫花的是姐姐吧，紫色的好像更沉稳、老成，她要常关注左手的妹妹，怕有什么闪失，在这个人世间，我们不时会听到一些女孩子丢失的传闻。

不过，她们的心事也没有那么重，喜鹊和麻雀有时会飞过来，唧唧喳喳和她们说些什么，春天的故事多，闲话也多，说闲话也是一种休闲娱乐的方式。那只白色流浪猫会不时弓着腰从她们身边走过，她们不喜欢它那副劲儿劲儿的样子，不喜欢它那身一直舔不净的发灰的皮毛，不过，也有几分怜悯它，因为它太缺安全感。

雨来了，春雨的好处是"润"，是给青春的容貌再"补水"。爱美是所有年轻的生命的天性，她们放开所有花蕊的小嘴做享受的吮吸。这里没有一点怨结的空间，从古至今，多少诗人墨客都误读了——她们已经在无数碧绿晶亮的心形叶片上，写满了礼赞的、感恩的话语。据说，有些动物活的年头折算成人的岁数要加N倍，我们的丁香不要，她们正当妙龄，是所谓好梦迷天的年岁，她们希望爱情就像这春雨一样如约降临，滋润她们的生命。

忽然，有一天，谁也没有想到，我相信连那个肇事者也没想到——隔壁的一家装修房子，那个工人，一个毛头小伙子，出门倒垃圾，各色各样的剩余物，其中，有一包没用完的石灰粉，落在了左边的丁香树旁。小妹像被人踩了一脚，惊叫了一声，但谁也没听到，在这个万物竞荣的自然空间里，她太微弱了。于是，那个白色的粉末打开了"无间地狱"的模式，闪身渗进土层里，化为无数嚣狂的火舌，伸向她的血脉与肌肤。这肯定是一场人神共愤的私刑，它在我们看不到的地方进行，受刑者撕心裂肺的惨叫声传不出来，就在那个方寸之地，黑暗紧锁着所有的通路。

　　血肉之间总会有灵异的感应，另一棵丁香肯定觉察到了，她也许紧急地摇动过周身的枝叶。不久，鸟雀们也知道了，全院的花草树木也传遍了。但是大家都无能为力，没有谁能给出一个答案，怎样才能挽救一个姑娘一样的丁香？

　　我是一个愚钝的后知者，当我发现时，那棵不幸的丁香已经叶片枯卷，轻轻一碰，枝干就折了。有人跟我说，这棵树死了，我还不信。这是一个人失亲时的常态。丁香树会从一个总根分生出两条树干，像人的左半身与右半身，我指着另一半说，看，那边还好好的，没死。我看过许多半身不遂者康复的奇迹，祈求奇迹也在这个受难者身上出现，也祈求地下会有灵泉突涌，扑灭这一场噩梦一般的灾厄。

　　在寒冬即将到来之前，我们还特意找来稻草，为这棵树的下半身裹上防冻服。我希望，一个暖和的冬眠或许能疗愈创伤，在温煦的春风中复苏，归来她还是风采依然。这个冬天，下了一场很大的雪，有好些年未见过了，白雪沉沉地压着树枝，园子里一派琼枝玉叶景象，人们纷纷前来拍照，有个人喊道："我看这棵树不错，像个白雪公主。"审美的最高境界从来都是即刻的，不需要深究，我们的丁香也戴上了一回公主的桂冠。

终于，春天又来了。很遗憾，她仍在昏迷中，迟迟没有醒来，从根到梢都发枯，没有一丝新绿绽出，唯能让人抱有希望的是另一半，居然还冒出了稀稀拉拉的花蕾，像是一个个音符，从生命的键上迸出，加入到满园春的旋律中。不过，你如果细心，还是能看出，她似是有些吃力，像在攀爬，像在四顾，粉色的妆容里，透出些许惨淡的汗迹。

"这边也不行了。"妻说。这些日子里，我们都为这棵树的命运感到揪心。

果然，当花蕊坠落，另一半的叶片也开始翻卷、干枯，看来，地下的战场旗靡辙乱，偏安的边界已经失守。

于是，一位邻人过来郑重地说，这已是一棵死树了，应该赶紧移开。告知了物业，物业来人，四周看了看，说树木的砍伐，要给园林局打报告，看看怎么批复，说话的声口颇有点衙门气。

一段时间里，她还站在那里，站在紫裳的姐姐身旁，身姿不倒——没有外力，她自己是不会躺倒的。我长久地凝视着她，忽地，脑中冒出近来流传很广的一句话："这世界不要我了"，不禁为之嗒然。

2022年

雕窝的月亮

不见雕窝的月亮已久矣。

京城东北有地名"平谷"，平谷东北有村名"雕窝"，此村当初是否确有大雕筑窝，因以为名，实不可考，我初到之时，以及尔后，完全不见雕之踪迹，是可以肯定的。

多年以前，一位朋友邀我和内人来这里玩，是个萧索的秋天，风卷落叶，遍地翻飞，艳阳高照，却也挡不住寒意袭人。村长把我们当贵客陪着，路过一户院子，大门紧锁，村长说这家主人进城去住了，房子要卖，问我们是否有兴趣。我们扒门缝往里看，坐北朝南一排五间房，院子水泥铺地，干净、整齐，立即看中了，卖价又实在便宜，便着手买下。

此村虽叫雕窝，当地人却习惯写做"刁窝"，大约也是因为后者笔画从简之故，我对"刁"字向无好感，很想"拨乱反正"一下，便在我买下的院子里挂了个横匾，上书"雕憩园"三个字，意思是这里无论如何也与雕的栖止有关。

"雕憩园"稍事修葺,就可以住了,那时我还在上班,常在周末过来,享受远郊山居的悠闲时光。在这里,有各种养性怡情的事,而我所最爱的,就是赏月。

赏月何处不可,何以最爱于此?我的小院虽在大路一侧,入院即见一锥形之山,壁立另一侧——这山也是奇了,三面十分陡峭,无路可上,与小院相距一里多远,看上去却似紧挨着一般,又像是一个奇大的山石盆景,直接搁进院来。山不知何名,问过当地人,也答不上,想来无名,既无路可上,与各人过日子无关,也懒得命名。苏东坡写《赤壁赋》云:"少焉,月出于东山之上,徘徊于斗牛之间",此山在我的小院东墙之外,当然即是我的东山。我于是就能常常看到"月出于东山之上"了。

月出的时间有早有晚,早出的光景,有时未及观看,要稍晚一些,村里人声渐息,看它静静地登上东山之顶,最为动人。

小院里并无什么陈设,只有一棵山楂树,两棵龙爪槐,东南角院墙搭了一间小屋作厨房,没有月亮的晚上,它们都隐于暗影中。月亮将出未出之际,最先感知的便是它们,像是有光波在空中悄然潜入、传送,渐渐就显出了它们秀挺的身姿。这时,若抬头一看,就能看到东山顶端,一片辉煌,那正是明月的盛大仪仗。须臾之间,它就登上山顶,由半露面而现真容了,周边的天空霎时光亮起来,天空的下方,村庄的房舍、树木、道路,也无不照亮。平日白昼看东山,也没有此时清清楚楚,它周身的每一道襞褶,岩缝中冒出的每一棵小树、小草，无不"须眉毕现"，你不能不为它的如此亮度叫绝，同时，也忽然悟到——原来我们的语汇中常用的"光临"一词，造词灵感却是来自这里。

月亮循着它的路线昂扬上行，村庄渐渐沉入梦乡，天地之间，一片静谧，有时连一声狗吠、虫鸣都没有。按说，这个山谷并不荒凉，而此时在冷色的月华下呈现出的寂静，却使人产生趋近往古的感觉。我披衣在院中踯躅，想象着"今人不见古时月，今月曾经照古人"，这是读过一些古典作品的人都会兴起的情思，它们很容易把人的心怀引向无限旷远，也不免增生几许惆怅。正是这个时候，让人特别意识到这种生活场景的转移多么触及灵魂。月光如水，一点也不夸饰，它慷慨地涤洗下界的一切，包括人的心灵蒙上的层层凡尘。你不禁会想到，平日在城里，在林立的楼宇间作息，我们是太忽略它的存在了，否则会避免多少沉溺与迷失。

月亮缓缓升上天顶，这是最能仰看它正大仙容的时刻，也正是在此刻，才真正让人领略什么是"孤光自照，肝胆皆冰雪"。夜深了，尽管已有几分露寒，我也不愿进屋就寝，我知道人生途中，与月亮的这般相遇，其实并不会多，古人不去说了，近人如朱自清先生，彳亍在学校的荷塘边，不也是只能玩赏些朦胧的月色，做一做"笼着轻纱的梦"吗？诗仙李白与明月的聚饮，也是"醒时同交欢，醉后各分散"，能在醒时和一轮朗月如此晤对，无论如何是要格外珍惜的。

那么，又何妨打开院门，到外头去走一走呢？路上是看不见一个人影的，路灯亮着，却无法与月光争辉。走在一条白亮亮的大路上，视野更为广阔，西边的山峦披着银辉，绵延起伏。林树浓密，明暗不一，层次繁复，不是有一句古人的词云："便欲凌空，飘然直上，拂拭山河影"吗？啊，此时的月亮，或是要去完成"拂拭"这个规定动作吧。前方不远处，还有一个水库，渟蓄着一方碧水，水天交映，便把这个银色的世界衬托得更加空明和碧净了。

兴尽归来，却也听得几声吠声吠影的狗叫，我知道这也吵不醒酣睡的人们，人们早已习惯于月起月落，星移斗转，他们在黑甜乡里，正枕着一个永恒的记忆。

2020年

街魂

国有国魂，城有城魂，街也有魂，街魂。

常常，我踯躅于住所外面的街头，许久许久，仿佛是有为而为，这"为"，想来便是觅求街魂。

记得上世纪六十年代初，我刚到北京城，有一天，秋高而蓝，去北大访友，乘332路车，车过学院路，望见窗外，一排峻拔笔立的白杨树，直耸晴空，林荫带很宽，里面还长着一些其他的树，北航、地院、北医、钢院，一所所高校，就像隐在林子深处。鬼使神差般地，我竟提前下了车，在那里漫步了一段。只见凋黄的叶片，随微风飘落地面，空气中似确有一种名之为"秋气"的成分，爽且近寒，我的脑中忽地跳出"悲哉，秋之为气也"的句子，不由得生出莫名的怅惘之感，久久驱之不去。多少年，我都忘不了这一刻，也有几回，同一季节，又中魅似的徜徉于斯地，试图拾起这种感觉。后来，我就想，窈窈冥冥，流于无形，忽有所触，易于兴起一点人文情思者，那大概就是所谓的街魂罢。

最缠绵的时候，莫过于在衡水乡下度过的一年。我们被派去当"四清"工作队队员，其地离北京不远，可是要想回到北京，"难于上青天"啊。游走在阡陌间，我便常常吟诵闻捷的一首诗《我思念北京》：

> 我殷切地思念北京，
> 像白云眷恋着山岫，清泉向往海洋，
> 游子梦中依偎在慈母的膝下……
> 我日日夜夜思念着北京啊！

这是借以抒发心声的，其实，使人五内俱烧的是下一节，那里五彩幻灯似的闪过：柳色如烟的知春亭，枫叶似火的十八盘，覆盖松柏的天坛，绽放牡丹的西苑，池水绣满浮萍的谐趣园，龙尾击出浪声的九龙壁，翘起描金飞檐的太和殿，倾泻万道霞光的佛香阁，荡漾沁人清芬的陶然亭月桂，透露早春来临的白塔红梅……那一刻，热望点燃，暗下决心，回去后一定要去拜访它们。它们在园内，园外有街，街必有魂，我将邂逅一个个令人怦然心动的街魂。

尔后，却无多少平静时光。"破四旧"的风暴卷来，使得许多地方一片狼藉。我离开北京一段时间，有个冬天的夜晚，从外地回来，乘电车经过景山东街，街道黑魆魆，门墙、屋宇、树木影影绰绰，像是历史剧的一道巨幅布景。因为靠近景山，我竭力想看一看，然而，什么也看不见。我熟读过许地山的文章《上景山》，还记得其中的几句："然而，在刮大风的时候，若是你有勇气上景山的最高处，看看天安门楼屋脊上的鸦群，噪叫的声音是听不见，它们随风飞扬，直像从什么大树飘下来的败叶，凌乱得有意思"，于是，就用它来补偿视觉的缺憾。此时，街上少有行人，车到站了，一个眸子黑亮的姑娘，戴上大口罩，系紧棉大衣的纽扣，搀扶一个老妇人，向车门口移动，前面正有一盲者，在摸索着缓缓下车，姑娘便静静地等，大家都静静地等，仿佛举行一个仪式，有一种乱世中泰然自若的气度。直到盲者落了地，母女俩方下车，而后，朝旁边一条胡同慢步走去。我目送她们相互偎依的背影，忽然心中又起一种触动，觉得在这个天寒欲雪的时刻，周遭升起一种温暖，在如层层涟漪漾开。诚然，城市的精魂，并不一定活在故事和意义中，它也许就在空气中，在线条里，在模模糊糊的影像间，一旦遭遇，我们还是会觉得似曾相识。

　　我现在所住的地方，是原先京郊大屯乡的一块田地，或许种过麦粟，或许种过菜蔬，也无须查考了，像有一根魔杖指点，不知不觉间，这里便跃现出一片街区。此类地方，在北京，在其他地方，在在都有。几乎不经什么阵痛，城市化的母腹，便产下了许多这样的婴孩。它们日渐长大，道路修讫，楼宇林立，车流奔涌，人群云集。然而，居于此地多年，也许是年岁的关系吧，不能不悲哀地感到，我的感觉是如此钝化了，其明证之一，便是再也很难邂逅所谓的街魂。

街魂或许还是有的吧，不过，这种事，难道可以去问把车停上人行道，拔掉钥匙，即匆匆离去的人么？还是可以去问头发染着各种奇异色彩，正在店前集体做操的美发店员工？抑或是穿着笔挺西服，株守在旅居酒店门口，兜售所称"开完会带不走了"的茶叶的卖家？曾经有一次，我差一点问了，那是看见有一位僧人打扮的中年人，笑吟吟地迎面走来，停下，合十胸前，随即从肩背的布袋中拿出一个小红包来，说道："这是我寺高僧开过光的，你要么？"我从怔怔中回过神来，摇摇头，眼睛却不离开他的那身打扮，我想问："你念经礼佛的出家人，可知道街魂么？"话未出口，只见他不愿耽误时间，也毫无沮丧之色，依旧笑吟吟地离去了。

由此我对于街魂的拾得，几近悲观。

我也曾深刻反省自己对城市化的过度、对物质文明的高企是否存有几许反感，是否在用街魂失落的命题涂抹出某种现实批判的色彩，也告诫自己更不可以先到者的身份，拒绝潮水般后来者涌入这个城市，以求保持城市环境的安详与温馨，但是，我还是执着地想，悠悠街魂与其他可以无关，它只是人们居住的局部之地不可或缺的东西。

前不久，因为要迎接一个什么检查评比，街面上的一些经营饮食的小商铺均被告知要停业，街角上的卖菜的，还有修自行车的，也都在"回避"之列。修自行车的那个老汉我认识，他大概属于此地已经很少的原住民，早先务农，后来又进过工厂，退休后，就在这里摆一个自行车修理摊，为人很爽气，有几次都是替我看了看自诉的毛病所在，告诉我不必换件，不要多花钱，不像有些店家搞"补锅法"，千方百计钓顾客的钱。他的打气筒也是随地放，用后付钱可，不付钱亦可。无活儿时，他就地与人下象棋，"楚河汉界"，金戈铁马，厮杀得热火朝天，犹如这里是一处古战场，还能容得他们权且挥霍血性儿郎的一时想象。我有时也会站在一边默默地看，不想这一次奉令停业时间颇长，走到此处，只见空荡荡的，如被秋风扫净一般，顿时就有一种"莫然无魂"之感。这才想到，莫非是他和他的街头棋友们，还沾着我之所谓的街魂吧。

2011年

忠犬希声

1

内侄在瑞士念书，归国省亲，来我家小坐，告辞出门，见楼梯过道蜷卧一只哈士奇（又叫"西伯利亚雪橇犬"），不由默立有顷，他凝视哈士奇，哈士奇也懒洋洋地望望他，突然，他爆发似的爆了粗口："TMD，你跟我走，回到你祖先的地方去吧！"

我虽惊异，却也理解他为何如此激动。我们又何尝不气愤于狗主人的行径呢——狗主人为避闻狗体的气味，以及室内占地的不便，遂将它不时寄放于此间，使此公共通行的要道，成为哈士奇"一犬当关"的营盘。一旦有人投诉到物业，物管人员前来干预，便暂时撤回，随后，再将它牵出来。

楼道暗昧，若是再将一扇门掩上，更密不透风，哈士奇无辜而顺从，状如死狗，蜷缩于一方仅能容身的水泥地上。

我知道，内侄于默立凝视的片刻，脑海里大约立即升腾起辽阔、浩茫的雪野画面，无论是阿拉斯加还是西伯利亚，风雪漫卷，天地一色，路径尽掩，一望无极。雪橇犬强壮而坚韧，撒开健蹄，溅玉喷珠，自由驰逐，它们是极地不羁的精灵，是风中狂卷的战旗。它们属于玉龙飞舞、无边无际的自由天地。

如此高贵的犬种后裔，岂可沦于如此不堪的境地？

2

人与狗是一种什么关系呢？人与狗也要相称么？

我们看根据真实故事改编的电影《忠犬八公》，八公每天按时在车站伫候主人回来，一旦主人身影出现，它立即不胜欢忭扑过去，这已是一种始终不渝的忠诚约定，即使主人已走上不归路，日复一日，月复一月，年复一年，八公依然如约守候。如若它也有心灵，期望便是它心灵中永不熄灭的一盏明灯。

它的主人帕克教授，其实也无"感天地，泣鬼神"的故事，他的死亡只属一般的病卒，然而，在我们看来，由于对八公这种"感天地，泣鬼神"的礼敬，它已享受了无上荣耀，生为人类，我们当为之感到骄傲！

仅仅是，在八公还是一只流离失所的小犬时，帕克收留了它，给了它果腹的食物，给了它渴求的爱抚，打开了一块有爱的天地，容它憩息。

　　帕克虽是一位教授，也是普通人，他儒雅，良善，关爱生命。他把给家人的爱，匀出一份给八公，"既以与人，己愈多"，这种爱，不因之而减少，反而更增多；他也没有想到，自己生命的价值，不是因为他所殉身的教育事业，而是因为忠诚的八公，于身后如此熠熠闪光！

　　八公的故事在世界上到处传扬，还有不计其数的忠犬的故事，在世界上到处传扬，图片与视频，让人看得一回回热泪沾襟。这一切，使得我们的身处之地，我们的方寸心田，仿佛有来自天外一股股温暖、甘甜的玉液，汩汩淌过，人们常常感恩地喟叹，狗狗真是上苍赐予人类最好的礼物！

　　面对它，人会为之憬然：人类真的还要不断自新、向上，方可与上苍给予的这份礼物，与八公们回报人类的厚爱与忠诚相符。

3

　　据说中国人养狗的历史很长，狗很早就列入六畜之中，"犬守夜，鸡司晨""狗吠深巷中，鸡鸣桑树颠"。固然，在相对封闭的田园生活建构中，狗确是一个重要角色，而"鸡犬相闻，老死不相往来"，也何尝不宣示它们是冲决社会隔绝状态的先驱。然而，在中国的古人那里，狗之地位、名声和待遇，却并不甚佳。看家护院打猎是要任用的，而另一面，则要被人认为"狗仗人势""狗眼看人"，诟之为"狗腿子""狗官""狗奴才""狗男女""狐群狗党"，骂声不绝，尤甚者，还詈之曰"狼心狗肺""狗彘不如"，且定谳是"狗改不了吃屎"，一定要手握"打狗棍""痛打落水狗"，如此等等。

古书上也有过关于狗狗的佳话，例如"黄耳传书"，说晋代的陆机千里之外做官，曾派叫黄耳的家犬送信给家里，它以飞快的速度圆满完成了任务。然而，此类佳话既少，也无助于抵消人对狗的卑视。

我未能确凿地知道狗作为宠物是何时进入中国人生活圈的，看清宫的画卷，似已有京巴犬的身影，然而，也有一则轶闻，说李鸿章当年出使英伦，特意去拜戈登墓，戈登家人赠之一只爱犬，回国后，他即复信答谢，云"此犬已吃，味甚好"。李大人想来不是有意恶心洋大人的，诚然，从传统中国人的眼光看来，狗狗除了役使和食用之外，还能有其他的用处？

然而，看"五四"以来新文艺作品，描写洋场上贵妇携"叭儿狗"出入，讥人有奴性，则呼为"叭儿狗"，料想此物、此习，斯时已不罕见。后来即是革命意气高扬的年代，也是物料匮乏的时期，以狗为宠物，作为一种浮华奢靡和玩物丧志生活方式的符号，一直受到许多人抵制和排斥，也更是不待说了。

狗儿在中国的命运之真正丕变，乃是在近一些年——人们有了余财、余力、余兴之后。

这似乎也能证明，人和狗之间确有某种平衡的关系，人能对狗有爱的付出，要与人自身状况的改善相对应。

若干年前，我曾有过一只白色小狗，其血统不甚纯正，俗谓之

"京巴串"。大约缘于当时有一家当红的刊物之名，我给它起名叫"流流"，养了一阵子，终因事务繁冗，无暇照看，便委托给在郊区农村的一位邻居大哥，算是寄养在那里，留下一点酬金，想来一只小狗，对拥有一所院落的他，不会造成太大的负担吧。过了一两个月，手头的事放下不少，略有一点清闲，就去探望这位"犬子"和犬亲。

时值下午，家里无人，院门却敞开着，有几只鸡在闲闲地漫步找虫子吃，却不见"流流"，里里外外看了几道，还是不见其踪影。不一会儿，这位邻居大哥被人唤回来了，问他"流流"呢，他搓着一双粗黑的大手，略带歉意地说："死了。"

"怎么死的?"我忙问。

"它上街去追人家的鸡，被人下药毒死了。"

真令我没想到，这样一只可爱、可怜的小狗，竟死于非命。然而，它本该在人的照拂之下，何以会上街狂追人家的鸡呢? 有人告诉我，实际上是饿的，邻居大哥并不喂它，也真是没什么可以喂，他们自己也并不能吃饱饭啊。

又过了若干年，那个村因开发旅游而致富，我再去时，不无惊异地看到，邻居大哥不但换了衣装，坐在他开的"农家乐"门口，身边居然也匍匐了一只金毛犬。金毛犬打理得颇干净，看起来不缺吃喝，此时正闭目养神。

我想，邻居大哥或竟未能忘却"流流"的惨剧，想在心理上有所补偿吧。

4

如今，几乎所有人都肯定，狗是人类的朋友。然而，在传统的中国人那里，认识到这一点，为什么会那样难呢？

还是那只哈士奇，它被自私、猥琐的主人放逐楼道，侵占公共空间，哈士奇委实无知又无辜。它一旦见到主人，仍然是又摇尾，又舔手，百般献媚，牵它去放风，则更是一边撒欢，一边回望，似乎感恩不尽。

"狗不嫌主贫"，固然很好，然而，"狗眼看人低""狗吠非主"，只因忠于其主人，对陌生人，乃至对衣着穿戴不上档次的人狂吠不止，是不是也令人对其不快，甚至厌恶？

曾读过梁实秋先生一篇谈狗的散文。他于抗战期间住在重庆的一个"恶犬之家"，备受恶犬及更为可恶的狗主人之欺，主人眼见恶犬向他扑过来，并不出手解救，反而哄然噱笑，只作壁上观。梁先生愤恨至极："俗话说'打狗看主人'，我觉得不看主人还好，看了主人我倒要狠狠地再打狗几棍。"文章中，他将恶犬与恶主并写，痛诋人世之险，人性之劣。

狗也能领会主人的坏心思，效仿主人的坏人品，人对狗也有样板作用？

说到"忠"，不由得不说说"谄"。"忠"，令人尊重；"谄"，却令人厌恶。"忠"者未必就"谄"，"谄"者也未必真"忠"。鲁迅就刻画过一种"二丑"的角色，这种人没有义仆的愚戆，也没有恶仆的简单，他一面向主子献媚，一面又在人前装出和主人并非一伙，使其诣媚之态，尤显丑恶。狗狗会摇尾，会舔吻，会叼盘，会追随，会邀宠，但它绝不会行"二丑"的套路。人之阴阳两面，人之趋炎附势，狗没有。它的欢喜与感激是真心的欢喜和感激。

它们没有是非善恶的判断吗？若说没有，怎么会有那么多为人称道的"义举"：打猎、缉毒、搜爆、导盲、放牧……关键时刻，它们还会抗暴、救难、解危……

而这一切，又实与主人的利益、主人的指令有关。

倘无一种对主人的绝对忠诚，这一切也不会做得那样圆满。

这种绝对忠诚，在狗的心灵里，并不以是非善恶为前提。若以是非善恶判断为前提，则这种忠诚就树立不起来。即便树立起来，也会如立于流沙之上，摇晃不定，须臾即会坍塌。

狗狗的心灵、思维空间简单至极，对它而言，唯有一个"道"，就是遵从和维护主人，除了主人，"旷兮其无物"也。唯其如此，忠诚这种价值才能具有如此高纯度。它们的忠诚脱离了贤愚不肖、是非善恶的价值判断，普适于所有成为它主人的人，这一点，人就做不到。人对世间万物，都会用价值观的标准，用是非善恶的判断介入，对于所谓忠心多少持有一定保留的态度，并不认可绝对的"愚忠"。

是不是可以说，绝对忠诚，就必须蠲除伦理价值判断，既愚且痴，无脑或"脑残"？

这，难道能给人提供榜样吗？

是的，我们可以欣赏狗狗的各种摇尾、邀宠状，但自己不要跪拜他人之前做各种摇尾、邀宠状；我们可以喜欢狗狗"叼飞盘"，但自己却不要去"叼飞盘"，因为人有自己的判断和尊严。

人的世界不同于狗的世界，狗的世界离我们似乎很近，却又很远。人类欣赏和赞扬忠诚，却又将它装入了价值衡量的复杂的方程式。上苍给人类慷慨送了狗狗这个珍奇的礼物，却又故意促狭地留下一道难解的题。

5

然而，爱狗的人士一般是不会做这种质疑和思考的，一旦爱上，犹如一旦狗狗奉你为它的主人，便是生死相许，一切便会变得非常简洁明了。

有一次，我去拜访一位多年未见的老夫妇，他们退休已久，住在一套简装的两居室里，有一只看上去有点老迈的狗陪伴他们，平常没有什么人来，连儿女也很少来。先生一定要在餐馆请我吃饭，临出门时，老两口不知对狗狗说了多少委婉、温柔的话，以期取得它的谅解，才未带它出来。席间，我们也有不少时间在谈论这只狗。早几个月，它害了一场大病，住院开了刀，花去了他们上万元积蓄，现在，总算渐渐康复了。老人手头一点也不宽裕，对它们的"犬子"却很舍得花钱，平时狗食、打理，乃至服饰，一样也不缺。狗狗陪伴了他们多年，老两口唯有一个心愿，是狗狗能"走"在他们之前，好让它临终不缺照应。

这几乎是许多狗主人皆有的心情。不养狗的人，往往难以理解他们对狗狗倾注的爱。我曾住过的某小区，有一位大妈，养了一只小鹿狗，此狗形状娇小，年岁却大，折算人的年龄，该有一百多了吧。它患了很重的病，医生力主做子宫摘除手术。据她说，手术前，医生告诉她，有可能下不了手术台，但不做，肯定活不了几天。狗狗手术时，她站立街头，泪流不止，行人见状，过来劝慰她，她也不说缘由，弄得差点儿去报警。幸好手术成功，爱犬挽回了生命，如今，她就时时把它抱在怀里。儿子在美国，要接她去住，她拒绝了，说没人能照顾狗狗。同事说，是你儿子重要，还是狗狗重要？她毫不迟疑地说，当然是狗狗啦。

真是很难想象，一旦她的爱犬离开这个世界，她将如何承受悲痛的打击！

也是一位大妈，向我讲述了这样一件事：她去看望已经七十多岁的大哥，大哥养的那条萨摩不久前死了，他心情极差。可等她一进他家，不禁惊住了，厅里墙上，竟然挂着一张超大的萨摩生前遗照，她生气地说："爹死了，也没见你挂这么大的遗照！"大哥直摆手，不胜伤感地说："不一样，不一样。"

这个"不一样"，内涵想必异常感性而丰富，非亲历者不能完全体会，总是一定有一些刻骨铭心的东西，有些异于人与人交往中所能感受到的东西，使得人与狗之间的感情，浓于人与人的感情！

　　我想，爱欲之存，乃人之本能，爱欲也须有释放的对象。人之施爱，不一定要求回报，然而，倘获回报，亦必刻骨铭心，它就是一种充实心灵的幸福。人与狗狗之间，大约即是建立了这种关联——人释放爱欲于狗狗，而狗狗以其绝对忠诚直接回馈，几乎不受人世其他因素的影响，也不会因时间推移而改变。人在爱犬身上释放自身的爱欲，这种释放经历的时间愈久，形成的习惯愈深固，愈难以自拔。对于一些人而言，对狗狗，或对其他宠物施爱，几乎已经成为生活一种切己的需要。

　　还有，宠爱不也是一种权利么？富可敌国的富豪们能行使他们的宠爱，贫无立锥之地的乞丐也可以。同样，炫示宠爱也是一种权利，最卑微的人，也可以以自己的方式炫示自己的宠爱。一个被人视为卑微的人，在一只狗狗那里能得到在他人那里得不到的顺从、尊重和忠诚，他要尽力予以回报，这也是一种情怀，一种态度。

　　以一种爱对另一种爱回报，不需要什么知识与智慧去发酵，更不需要其他的思考和问难来锤炼，如同在空旷的山谷自己发声，即刻得到响亮的回音。在一个价值体系发生急剧变动和紊乱的时代，简单而绝对的忠诚，或是更显得稀缺、可贵和令人安心吧。面对人情的恩怨相寻，冷暖无常，一些人宁可选择狗狗作为伴侣，选择简单和恒定，对于狗狗的绝对忠心，便这样寄予了一种宗教般的内在炽热的情感。

　　无论时世怎样浇漓，在这里，我们仍然见证了人心的向善。

6

　　我的邻居的哈士奇依然还在，每天主人定时将它牵出去，从窗口望过去，能见它如何在园子里撒欢。它的状况不能说很糟，甚至，近来天热，主人还十分体贴地替它剪去长毛。它也仍然不时蜷卧在楼道的水泥地面上。每当我们上下电梯路过时，它会略抬起头，投来友善而略带忧郁的目光。

　　狗狗也是有它们的语言的，可惜不能与人类的语言系统相通。老子云："大音希声。"对于人而言，狗狗是"希声"的，懂得狗狗的人，会从"希声"中听得见非常丰富的意涵。

　　啊，哈士奇，你想对我们说些什么呢?

　　我不无悲哀地想，如果将它交给我喂养，真的，我还没有准备好。

　　我们没有那样一个环境，让它呼啸奔跑，让它的自由奔放的天性得到伸展，这且不说，但是，一定，一定不要做出什么，辱没它的忠诚、良善与高贵。

2015年

凝眸"泰坦尼克号"

一百多年前，巨无霸般的"泰坦尼克号"，载满生灵，沉入海底，这一幕至悲大剧，在世人眼前，似乎至今也未闭幕。

海难有异于空难。空难之起，或于转瞬之间，翼折机毁，乘客往往无可选择，顷刻魂消；而海难之临，挟万千雷霆之势，涛飞波骇，倒海翻洋，艨艟轻舟，姑无论矣，而巨轮坚艇，犹有一搏，含齿戴发之徒，于存亡之间，谁不心怀一冀？而况还有救生艇若干，正打开逃生之路；希望之神，就在不远处招手。

正是在这一背景上，"泰坦尼克号"成了一个令人目眩的舞台，义士、达人、庸常之辈，乃至宵小之徒，各自登场，扮演自己的角色。

感谢电影《泰坦尼克号》，它以极灵敏的镜头，萃取正倾覆的甲板上所有亮点，凝成一道强光，投进人们的心海，让人得见人间的大爱，一直拒绝沉没，一曲《我心永恒》，唱热了寒夜、冰海，也唱热了人心。

然又有异议声起，称其实沉船之际，也未必是"妇孺优先"，船上贫富悬隔，居于头、二等舱的富人，罹难比例少，而居于三等舱的旅客（即购较便宜票者）则反之。更有个别享有特权者，如运营主管伊斯梅，竟然置众人于不顾，弃船逃逸，背负永世恶名。

伊斯梅个案如何，各种传闻大相径庭，后人已无法证实，而人们确凿知道的是，这个巨轮上的"司乘人员"之绝大部分，都葬身海底，许多人直到最后一息，尚坚守岗位：水手们卸放一个个救生艇，自己肩住大难的闸门；工程师们苦苦鏖战在机房，寻求绝地反击的转圜；信号员一直不停摇动信号灯，传递热切求救的眼神；乐手们则依然飞弓走弦，抚慰噩梦中惊恐的心灵。下达"弃船"命令之后，老船长从容不迫步上舰桥，纵身大海；而竟然还有"顽固抗命"者——报务员，至死犹俯身键盘上，保持发报之姿……

不能想象，这些巨轮上所有资源与信息的垄断者，比一般乘客早知或明知沉船的厄运，纷纷作鸟兽散，自寻出路，甚或以手中的权力和资源，谋一己之私，或几个"自己人"之私，比如，乘月黑风高，悄悄卸下几艘救生艇，也不忘携带自己的紧要物品，甚至还捞上若干"公物"，以备不虞之需，如此这般，逃之夭夭。或亦有忠心事主者，安排周至，让高管先行，理由当然是"高管"肩负责任重大，站在一定安全距离之外，于救船大业的施行更为重要，"高管"亦深以此为然，事不宜迟，即刻交办。

他们或以为这一切都严格保密，神不知鬼不觉，其实哪能？船上当时就已弥漫惊疑、迷茫的气氛，人们瞪大了眼睛，在搜寻暗黑的海面上所有动静，有的人神经已经紧绷至最高限度，不待说，已有救生艇下水激起的声响，即或还没有，都可能有某种"猜测"和"谣传"，在秘密的通道上交驰，一旦被证实，愤怒、聚集、叫骂、哭喊，打砸门窗以泄愤，"予与汝偕亡"者有之；要求大家"理性""冷静"者有之；更多的"聪明人"，则急谋自己和家人、好友的生路。生路者为何？当然是数量有限的救生艇。于是，大家争先恐后，不顾一切地朝有救生艇之处拥集，推挤，撕拽，尖叫，以至于踩踏，红眼了，爆粗了，挥拳了，掐咬了，乃至拔刀了，开枪了，有我没你，有你没我，"丛林法则"，凶猛者胜。有人更是直接就扑通扑通往下跳，管它浪高涛险，小艇倾侧，紧攀不舍，必至水打船翻，同归于尽而后已——显而易见，此时这庞然巨轮，先于沉没，已自倾覆，崩溃。

然而，这一切在"泰坦尼克号"上似未发生。沉船之前，有七百多人成功逃生。船上的救生艇只可搭载这么多人，就此而言，它已接近完胜。如此成就，令人刮目相看。人们不能不凝神细审，究竟是何种力量，能于此一发千钧之际，造就一种良好秩序，让如此一大群人顺利登艇？或者说，是一种什么样的精神，点燃了人心的炳炳之光，划破冰海的黑夜，为他们烛照一条生路？

诚然，毋庸讳言，当死神阴影越来越近逼之际，人群不会不出现惶恐和骚动；按照"妇孺优先"的原则，在船员指挥下登艇时，亲人不忍离弃，不会不哀哀央求再带上一人；不会没有人在一边逡

巡、偷觑，寻找某个可利用的机会或空隙，比如给船员私下塞点小
费，"意思意思"，让自己也侥幸登艇；甚至确乎有个人，披上一块
大头巾，乔扮女性，混了上去，得以偷生，后来还为此遭到众人唾
弃。然而，总体来说，没有大的骚乱，没有你死我活的"窝里斗"，
也没有恃强凌弱的"横得利"，危惧之间有镇静，仓皇之际有秩序，
良知和公义，仿佛上帝派来的天使，一时间纷纷翔集于此，七百多
人依序登艇，赖有他们护驾。这是"泰坦尼克号"留在世间的第一
大佳话。

当然，还有其他的佳话。比如，"梅西百货"的创始人斯特劳
斯夫妇，亦在罹难者名单上。斯时他们随身仆役成群，一呼之下，
虽无百应，十数应是没问题的，为他们去"安排"一下，甚或"硬
闯"出一条通道，也是没问题的。何况，斯特劳斯太太完全符合
"妇孺优先"的规则，斯特劳斯先生白发苍苍，也已年过花甲，连指
挥登艇的船员也表示，不会有人反对这一对老夫妇登艇。然而不然，
老先生断然表示，他不会在其他男人之先登艇。即是说，只有妇孺
全部登艇撤离，确有空位，轮到男人，他方可登艇。这是一条原则
的"底线"，这条"底线"，在他面前，比当时面对的漆黑莫测的冰
海，更难逾越。他的太太，也有一条"底线"，这就是她认定："这
么多年来，我们都生活在一起，你去的地方，我也去！"生生死死，
她都必须陪伴他身旁——这是一条爱情的原则，同样比漆黑莫测的
冰海更难逾越。于是，她从容对之，自艇里的位置上退出；于是，
他们从容对之，互挽互扶，蹒跚走到甲板上的长椅落坐，神情安详，

等待最后时刻到来。后来，有人出于感动，为他们修建起纪念碑，让人永远看见他们宝相庄严，敬仰有加。

其实，这个"底线"说来也有意思，似乎它很低、很低，然而它又实在很高、很高，尤其在生死大限之前。中国人有一个更具概括力的说法，就是——"义"，"生，亦我所欲也；义，亦我所欲也。二者不可得兼，舍生而取义者也"（《孟子》）。中国古代的圣贤将人间这个至难的抉择，说得何等无畏决绝！千载之下，舍生取义之士，史不绝书。而"泰坦尼克号"上，千钧一发之际，临难自奋，义薄云天之人，也是层出不穷，斯特劳斯夫妇如此，亿万富翁阿斯特也是如此。此人据说富可敌国，其资产再造十艘"泰坦尼克号"也绰绰有余，端的是当时船上的一位"蛟龙人物"，然而，他却真正是"泰而不骄"！他并不以"精英中的精英"自居，汲汲于向人宣扬，倘若他活着，对遇难者能如何施惠，对世界又会怎样赐福，从而使心虚伪装自负，让特权变身合理，而只是曾去谦卑地询问过，是否可以护送已有五个月身孕的妻子登艇，船员告以"妇孺优先"的规则不能突破，他立即噤声，退至甲板，点上雪茄，泰然自若，凝望海天。他身上所携的现金、金表、钻戒，数目惊人，竟无一用来行贿打点。天价的买路钱，想来总会令某些人心旌摇动，他知道纵然"钱能通神"，此时也绝不可行。最后，他被倒下的烟囱活活砸死，实现了其生涯中最后一段传奇。

这样的人，未闻其有什么排难解纷，舍身救人的壮举，难道也能称为"义士"吗？当然可以。这种时候，处变不惊，严于自律，就能令顽廉懦立，对于已近崩溃的大局，当是最可贵的贡献。"非死之难，处死之难也"（《三国志》），多有一些这样的光风霁月、极天际地的"义士"，他人会在其举止上感受到镇定，从其神情中领略到信仰，于是，大厦将倾而延其倾，巨轮将沉而缓其沉，求生的希望之星，因之冉冉升空。

　　凝眸斯时的泰坦尼克，这大概是最为耀眼的了。

2013年

乡居丹东
——寄L君

一年之内，我是两度来到你们在丹东农村的新居。上次到访之后，我确实对若干熟人称道过丹东，也称道过你们的乡居生活，引得几个人跃跃欲试，也要到丹东来一探究竟，乃至购房置业，这也确实不是如东北人之所谓的"忽悠"，而是出自心中镌刻的诸多或深或浅的印象。

倘若说我最喜欢丹东的什么，我想应该是那一条名播天下、碧波清莹的鸭绿江了吧。早自儿时，我们就唱着"雄赳赳，气昂昂，跨过鸭绿江……"，今日，鸭绿江蜿蜒呈现在眼前，昔日战争年代的回忆已如烟淡逝，此江在我眼中竟像一位天外飘落，长袖善舞，皎如冰雪的洛神仙子。它让我不由想起其源头长白山，千岭万壑圣洁的雪水，想必都汇合流贯于其中，如此天生丽质，岂能叫人不一见钟情？乘船航行其中，隔江邻邦的风土历历在目，长长短短就不去评说了，仅那一派野渡无人、寥廓闲旷，也使得此江葆有一种难得的淡神远味。我一直有一个成见，以为一个够格的好城市，一定要依傍江海，得水之泗润，方有灵气。今日丹东高楼崛起，街衢繁庶，却也还花树掩映，风情依然，尤其是北出虎关，一江漾洄，竟如同万般缱绻的拥围，清风徐来，凉意净心，真知此城得此江之福不浅！

其实，你们原就在此地工作、生活多年，后来又迁居北京。北京也是你们求学、生活过多年的地方，如今，跻身于国际大都会的行列，吸引无数人心向往之，实实在在的，北京是变啦。单是你们寓居的通州梨园一隅，胡然之间，就广厦成片，城铁凌空，车轮驰逐，市声嚣杂，变换之大，几如反掌。这使正在步入晚景的我辈，直是猝不及防。我听你太太说，有时你会站立街口，面对人车纵横，手足无措，一时不知如何过街。还有一次，从外地返回京城，受拥堵之苦，你竟在车上晕厥，幸亏抢救及时，方脱一厄。你原本就来自农村，乡野辽阔，幕天席地，成长焉，行走焉，无羁无束，一任自由，讵料会落此境地！你的住宅幸而在一楼，窗前有一小片绿地，可容你种一些绿植，你种得比别人都好，然而，那又是多么踽天踖地啊，充其量，不过是寄放了一份对自然的梦想，一份对闹市的抗争罢了。

于是，有一天，你们果决地宣布，搬离北京，迁回丹东，赋一曲新的"归去来兮"。是的，知道其原委的人都明白，这无关乎看破红尘，"不为五斗米折腰"，也无关乎愤时疾俗，"天下有道则见，无道则隐"，仅仅是要回到更接近自然的地方，过一种更适合人性的生活。然而，乍听之下，我还是会微微一震：你们还会找到这种生活么？

　　当我第一次探访，车子驶离乡村主道，沿一条曲曲弯弯的小路，穿菜园，越池塘，抵达你们的新居后，不多时，我的疑惑就全然冰释了。我看了你们的房舍、院落、菜园和鸡舍，几乎是迫不及待地，还去后山上看了那郁郁葱葱的栗子树林、包谷地和红薯地，一路上的桃、李、杏与葡萄之属。正是初夏季节，站在高处，披襟临风，瞻顾四野，草木丰茂，似乎到处都有哔哔啵啵拔节生长的声音，到处弥漫温润蓬勃滋荣万物的气息。时近向晚，成群结队的鸡鸭已蹒跚于归舍的途中，晚炊的轻烟在袅袅盘升，我的心上忽地跳出一个熟稔的词："家园"。

　　说起"家园"，许多人常常挂在嘴旁，可是真有几人是有家有园呢？我们绝大多数人是只有家，却没有园啊。这就像许多人，开口闭口讲"事业"，算来算去，多是只有一堆琐微之极的事，却压根儿看不到有什么业。在这里，我确然看到了周到的园，也看到了实在的业。如今的你，肤色已近黧黑，身姿更加健朗，你和太太合力修砌了房后的排水沟、防护墙，一车车运送沙石，铺就了门前几十米的小路，春耘秋收，经营着几十亩园地，最近一次，甚至还给山上上千棵板栗树统统嫁接一次，犹如一次密集的手术工程。连附近的农民朋友都惊叹，原来以为这对教授夫妇只是来度假而已，却没想到真来务农了。

　　晚上，山肴野蔌，樊然淆乱，老友把酒，话兴更浓。我们谈起年轻时的风云年代，以及尔后的人生经历，自然，也有乡村、城市等等这些话题。你说，自"归来"之后，你不但"恐城市病"消失了，而且体重减轻，"三高"症也没有了。我笑道，这就应了古人的一句词："可笑先生无病，病在枕流漱石，福至自然通"。又有西谚说："神造乡野，人造城镇"，肉身的凡人之设计岂能赶得上神呢？若干年前，我也做过乡间生活的美梦，在远郊山区购得一所农舍，每于假日，小憩彼处，拾些天然野趣。曾几何时，大批游客的车潮卷来，不旋踵间，餐厅林立，黑烟四起，歌呼炮竹，喧闹盈耳，我只得"知趣"而退。今日之人，欲归自然，已很难得，阁下有幸于此卜居，可喜可贺。诚然，在人类文明的不休争论中，在全球化、城市化排山倒海压来之际，这种"回归自然""回到乡野"的思想，委实有"落伍"，乃至"反动"之嫌，然而，我们还是不必去管它吧，看稼轩先生说得多好："一尊搔首东窗里，想渊明，停云诗就，此时风味。"我们但要这"此时风味"，有此一刻，欣于所遇，快然自足，就上上好了。

此时，屋外一片寂静，黑天鹅绒般的天幕上，星光闪烁，明灭可睹，依伏一侧的可爱松狮小狗，似已微微鼾起。而主客尚无倦意，限于酒力不胜，你们提议换饮新鲜羊奶，我亦附议叫好，大呷三口，甘浓无比，连呼我要醉矣。

2011 年

抗醉记

1

不久前到青岛去，躬逢了一场酒宴，主方一连过来几位劝酒——都是酒场上驰骋多年的老将，热情、殷勤而恳切，喁喁述说着仰慕之情，与好客之心，将杯搁在唇边，欲饮未饮，目光里发出的全是催促的命令。见此阵势，我以手半掩耳，做虽竭尽努力却听不清状——上岁数的人难免失聪，不停地大声"啊——啊"应之，引得一片哄笑，如此"酒品"，适足以成为"笑谈"。

其实，我也不是一开始"酒品"就如此不堪的。

"好汉不提当年勇"——"勇"实未必，粗莽是有的。

犹记那是1971年冬天，我被从接受再教育的地方遣回原校，继续受审查。刚开始似乎是一个"要犯"，住着单间，有一个"战斗班"的人全天候看守。而后，又似乎问题严重性级别不够，发回与革命群众（低年级班尚未分配）同住，接受监督。再往后，监管力度渐渐松弛下来，待到北风起，冬日临，锅炉房亟需劳动力补充，指标下达，系领导决定将此差使交给我。

到了锅炉房，这才发现，原来，这里有不少其名"如雷贯耳"的人，像"反右"时闻名全国的"六教授"之一陶大镛，中文系古典文学专家聂石樵，物理系教授刘辽等，也还有其他因各种各样问题被派差来的老师和干部。这些人在本单位，或属"异类"，列"异册"，到了这里，却似有了一个临时的家园。洗完澡后，各人就从蒸锅里取出早备下的夜餐，来到前厅"会餐"。有家的，自有家里餐桌上的特色；没家的，当然是食堂的产品。交流一下，互补若干，彼此的情谊就满溢了。工人师傅对这些人无一点歧视，从不议论各人的背景，他们平静如水。无论从哪个意义上讲，在一个严寒季节，这里都是一个叫人感到暖洋洋的地方。

春节到了，供暖是绝不能停的，虽是"史无前例"的岁月，也不能例外。除夕那天，当班的人约定，每人自带一两样菜，收工之后，和工人师傅一起会餐，守岁。于是，前厅的桌子拼将起来，摆上各色菜肴，器皿也各式各样，碗、碟、盆、锅、饭盒都有，显出这年夜的筵席确乎别具特色。

当然，也少不了"二锅头"。不承想，我竟成了这筵席上的头号目标，那一场"局"是由何人发起、设计的，业已无法考查了。那时我年轻，稍有一点酒量，多一点，能喝上小半斤吧。其实，我明白，在这个有众多工人的席面上，凭此酒量，也是决计不敢叫阵的。

起初，我胸有城府地推挡着，一小口、一小口地抿，决不为众人的激将，乃至挖苦、指责所动。

众人便将"靶子"转向他人。顶着花白头发的外语系蒋老师，显然有点贪杯，大家纷纷向他劝酒。我分明看见，他喝得两眼迷离，摇晃着头，已然不胜酒力。他的话断断续续，没头没尾，似乎还颇犯时忌地忆起他年轻时候，在印度喝酒，唱歌。有人问他是不是和印度姑娘恋爱过，他也半痴骇地笑了，好像说"是"，大家一叠声起哄，场面很是火爆。我自然也加入给他敬酒，不知怎么，他歪歪倒倒地支撑着站起来，要和我比酒，说是我年纪轻轻的，还不如他，他三杯，我一杯，干不干？众人自然一叠声叫好，即将目光刷地转向了我。

有人在劝别把他灌醉了，也有人嘻嘻哈哈要看热闹，我面临抉择，有些迟疑。这时，有个人离桌，从对面向我走过来，俯身在我耳朵边说悄悄话。那是我素来信任的一位厚道老成的老师，他说："看他那样，也就要醉了，别给大家扫兴，你就起来，喝了这一杯吧。"我遂端杯推椅起立道："好吧，君子一言，驷马难追，你喝下三杯，我喝。"大家啪啪鼓起掌来，看我将一杯酒喝下，又将目光转向已经半醉的他，只见他一仰脖，咕嘟嘟喝下一杯，立马有人向他的杯中又斟上一杯，喝了，再一杯，又喝了。

"哇——"叫好声几乎震破了屋顶。

不料他还要逞英雄，不依不饶地让我再和他来一次。没见过人有如此不自量力的，再喝下去，难道他还不倒地么？我已经不再犹豫，心中的一点点怜悯为冲天豪气所替代——喝就喝，醉了都是你自找的，别怪我。

我已不复记得这一场擂台实际持续了多长时间，也不记得自己究竟喝了多少杯，仿佛耳边只有一片叫好声、笑声和说话声交织的轰响，眼前晃动的是一张张热辣辣冒着酒气和油光的脸，而后，我竟唱起样板戏《红灯记》中李玉和的唱段："狱警传，似狼嚎，我迈步出监……"真就做出一副"赴汤蹈火"的英雄姿态。

似乎有人在说："扶他到后面去休息吧，他不行了。"

酒筵还在进行，前面笑闹声一阵阵传来，我在后面宿舍里翻来覆去，难受至极，有人过来问我："好些了吗？"我说："想吐。"他扶着我，走到外面，找了一个角落，我"哇"的一声，将腹中酒菜一股脑儿吐了出来，他轻轻地捶着我的后背，安慰道："吐出来，这就好了。"

我的意识突然醒过来，猛然一愣，这不是我的对手蒋老师吗？

第二天，我的醉酒已经传为笑谈，这才知道蒋老师杯中倒的都是凉白开——他可真是个"影帝"，其他人配合也极为默契，我就这样中招了。不过，自己暗中也有些愧恶，既因我的好胜和轻信，也因我现场有过"害人"之心。

2

离这次锅炉房醉酒近二十年，我已从青涩时期，迈入了当年鲁迅被论敌称之为"世故老人"的年纪。这个岁数，人还是颇堪有点自信的——毕竟经过多年生活磨炼，以及多次亲历和目睹他人被灌醉的事实，我也总结出了若干可以匹配处世原则的教训，自认为已能应付酒场上各种套路而不致重蹈覆辙了。

那年，正逢一位师弟拿了博士学位，要远赴美国任教。负笈留学，在当时已经不大引起轰动了，而能到彼岸执一把教鞭，却是一桩令人振奋的盛事，何况，还可以借此聚会一下。前前后后同出一系、一门的博士、硕士，也有一大桌了，大家兴致自然很高，这场合，更要有酒助兴。这一次，我居然又被灌醉了，醉后出了什么洋相，我也不知道，只记得过了几天，一位师弟嘻嘻地笑着对我说："哈，你喝了酒，英语口语那么溜。"

"我说了英语吗？"我睁大双眼，几乎不敢相信。

"一串一串的，都停不下来。"他换了一副认真的神情，更使此事显得很诡异。

我英语的水平自己知道，怎么可能？这个糗就出大啦。

我开始极力回忆自己是怎么被灌醉的。同一师门之内的人，年齿上我又稍长，不太像预谋算计的目标，问题可能就出在"兴"上。诸生逢上盛事，聚会一桌，"兴"便被召唤上场，一时席面生动，谈资纷出，调笑连连，揶揄透出善意，揭短不伤感情，你一杯，我一杯，起坐喧哗，酒意升温。记得刚开始，喝的还是红酒，随后，就换上了白酒，谁提出的，我，抑是别人？兴高之际，我至少是附议者。有句俗话说："第一杯是人喝酒，第二杯是酒喝酒，第三杯是酒喝人。"三杯以上，肯定是"酒喝人"了，浮生聚散，难得今宵，多喝一点就多喝一点，就算我"自我牺牲"吧。

之后，就一定有人做了手脚。我依稀还记得周遭摇晃一张张醺醺然酡红的脸，而在嘈杂声里，不甚明亮的灯光下，和我对垒的某兄身旁，还站立有一两个人，不断替他斟酒，使他频频出击，如无敌勇士。

然而，这又能怪谁呢?

你原就不设防，兴来，又尽皆弃守。

3

此后，到了"喝坏了党风喝坏了胃"的年代，我又有数次被人灌醉的经历，醉后肝肠如绞、头痛欲裂的生理感受，不堪言说，它极大地挫伤了我的"酒品"，我认定了在酒桌上必须自觉认"尿"，才是根本的救赎之道。

有一次，我与内子在一个"晚来天欲雪"的日子，乘飞机到萧山机场，转道去屯溪。那里有一位好友，如今做了一家外资五星级大宾馆的老总，盛情邀请我们去做客，次日可以安排登黄山。朋友亲自驾车到机场来接，那时还没有徽杭高速，车行驶在环山公路上，外面寒风凛冽，有的地方已经飘洒起了雪花，未想到路途竟还很长，开了好几小时，想到带累主人一来一去，如此辛苦，不免有些悔作此行了。

到达之后，稍事休息，晚宴即开始。主人已准备好了一桌美味佳肴，边桌上很醒目地摆放几瓶茅台以及啤酒、饮料。入席时，除了我们夫妇，主人又另请了他的几位朋友和下属，端的阵仗可观，隐隐然已透出一股"兵气"。看来，今次我已"在劫难逃"。

无论如何，主人这番款待的盛意是要回应和报答的。然而，我的"创伤"记忆实在太深，很快便打定了主意，在几杯饮尽，耳根隐隐然有点发热之时，即拱手向主人表示，实在不胜酒力，一起随意喝喝，各尽所能，我陪各位，以"抿"为度。主人道，那哪能行，今天大家陪你，必须喝好。席上诸人一叠声附和，说不喝尽兴不行。哪知道我说，要尽兴，我先躺下，我是"死狗不怕开水烫"。当即有人指出，是"死猪不怕开水烫"。我道，你们看，我已经喝醉，话都说不好了，那我就躺下吧。如此大方地认"尿"，他们似乎也从未见过，一时间应对不上，主人笑吟吟使了使眼色，遂只得放过我了，直到席散，主客边饮边谈，也还其乐融融。

人生不易，这么一件事上，自己的一点"成长"，也历经了几十年时间。至今，我与酒并未"绝交"，独酌多以"微醺"为度，敬人则以"随意"为上。诚然，席间折冲樽俎，"酒品"是大大地减分了，不过，随着年齿日长，这个概念好像也已越来越不重要。

2020年

迷花记

1

年轻的时候，我们过的日子很简朴、粗陋，买花、赏花，绝对是一件奢侈的和过于浪漫的事，虽说生活在大城市，却完全不知道哪里有花店，偶然地，也有一次买花的记忆。

那时，有一部火遍全国的进口片，是朝鲜的《卖花姑娘》，片中歌曲唱道："快来买花，快来买花，卖花姑娘声声唱……"旋律很好听，大家都爱唱，唱着唱着，宛如真有一位纯美自然的小姑娘，挎着花篮，走进大街小巷。而现实中，有一回，我遇到的卖花者，却是一位头发斑白的大妈，她在街上一边用目光搜寻路人，一边声音不大地"叫卖"："卖花啊，卖花啊，栀子花。"我不是被她的"叫卖"招过去，而是被一股浓郁的花香磁力般吸住了。只见她手里捧着一块薄木板，上面整齐摆放着几排洁白的栀子花，那袭人的香气

就是从它们的花蕊散发的，仿佛是一齐助力这位大妈颇显微弱的
"叫卖"。大妈看我是一个半大的男孩子，淡笑道："要花吧，给家里
大人买两朵。"这"给家里大人买"一句，触动了我的心思——我那
时在京城上学，此番回南京看望姆妈，并未送上什么礼品，实在是
"阮囊"空空，一身单薄的衣裤，口袋里只有一元几角钱。

"三分钱一朵，五分钱两朵。"大妈对我的犹豫似乎有点意外的
高兴。

我从衣兜里掏出一角钱，买了四朵。没有倾囊，剩下的一点钱，
还要为全家人去买吃的东西。

花儿虽和吃的东西一样也是物质的，却又好像归属于一种精神
的层面，这是我从姆妈将这几朵栀子花别上衣襟时的神情看到的。
她的鼻子轻轻抽了一下，说："真香!"也许所有的女人与花都有天
然的情缘，对花都会禁不住地欢喜，一股沁入心脾的花香，顿时就
冲散了贫寒日子笼罩的雾霾。那两天，我看见她的脸比往常更有光
彩，说话声也更清朗。我不能肯定这是那几朵栀子花的魅力所致，
也或许是因为这是心爱的儿子送给她的，她在花香中闻到浓浓的亲
情，感受到了幸福。

又过了两天，我看见这几朵花，已经枯败，却仍在她的枕头边
齐整地排开，像是一段舍不得离开的梦境。

我不禁想，几朵小小的花，也能给人带来这么大精神的满足啊。

2

时光流逝了几十载，其间人世的风景，我看了不少，春来秋往，花花草草，也曾寓目。不过，总是匆匆忙忙之故，于花事并未特别在意，到了现今这个年纪，退休赋闲，终于可以买花来面对自己了。

之前，是买盆花养，买过多次，终因阳光、通风等条件不好，不久就凋残了，更不用说自己栽培，屡挫之后，遂直接买切花回来。

切花首要的品质是新鲜，我常去的花店在附近一个农贸市场里，花店主人会把当天刚到的花送到我眼下，供我挑选，稍逊色者已被淘汰在外。从这里，我带回去许多鲜花：玫瑰、康乃馨、百合、剑兰这些当家"花旦"不用说了，更有郁金香、芍药、绣球、睡莲、茉莉、洋桔梗、龙胆紫、矢车菊、大丽花、风铃、雪梅、蕙兰……当然，它们不是一批次会集的，我把它们称之为到访的"花客"，到家之后，为它们挑选花瓶，注入清水，打理枝叶，一一安顿，然后，放眼望去，正所谓姹紫嫣红，活色生香，果然蓬荜生辉了。

英国诗人布洛克说过："经过多少世纪，才造成了一朵小花。"一朵美丽的花能来到这里，真不知走过多么迢遥的生命途程，实值得我们当做"贵宾"对待。若是进了家门，不用一段时间好好晤对它们一下，那就实在太怠慢了。

就说玫瑰吧，虽常在公园和路旁见到它的真身或近亲——月季和蔷薇，往往炫目于那一派竞芳争艳的绚烂，不及细细欣赏，而只有这样久久的"晤对"，才能细睹它们绸缪宛转的花形，在那种低回容与的神态中，体味令人神往的"一花一世界"。何况，还有那么缤纷变幻的色彩：绛紫、桃红、明黄、玉白、靛蓝……尽管会想到，这是人工着意"配置"的结果，却也还是不能不为造化的浪漫倾倒。

说到色彩，当然还要提到"绣球"，颜色在粉红、淡蓝之外，又有珍珠白、丁香紫、浅豆绿，不一而足。而此花的形貌，真是堪称"正大仙容"，我曾经买过一朵硕大的玫瑰红的，放在几上，忽如屋里稳稳地停留了一朵火烧云。

论形态之奇，又莫如"鹤望兰"，另一名"天堂鸟"，非常之别致，花瓣恰似夭矫的飞翼，一副凌霄直上的姿态。此花原产非洲，是真正的远客。同为远客的，还有"南非公主"，出身十分高贵，花瓣环卫，蕊成球状，端居其中，又号称"帝王花"，不过，我对此却不太认同，总觉得与我们国色天香的牡丹相比，其华贵阔肆，犹逊一筹。

各个"花客"都有自己不凡的姿色和故事，真个是说来话长，这个时候，就是杜甫所说的，要"嫩蕊商量细细开"了。为要它盛开的时间更长，非但要每天换水，还要关心它们的灭菌和营养。"花懂人关心"，细心呵护它们，它们确实会"细细开"，仿佛有意延宕时间的步履。

3

　　然而，我知道，它们一旦盛开，可持续的时间是太有限了。凋谢几乎与盛开同时到来——世上大约没有什么可以与鲜花可比，这一点，特别容易令人联想到人生易逝而为之伤感，抑或兴起别种浪漫的情思，所以，日本人会在樱花盛开时纷纷集于树下，饮酒唱歌，一抒情怀；苏东坡也有过"只恐夜深花睡去，故烧高烛照红妆"之名句，吐露其不胜珍爱之心。我的粗粗观察是，花朵在盛开时，最吸引人的，非仅是色彩，亦非仅是姿态，更是一种充沛欲喷的生命力，在这个"高光时刻"，它们周身都笼罩了一派光华，似乎在展示一种神圣的天启。有时，我觉得真不该白白错过，看花人需要点亮心上的"高烛"，多多守望才好。

　　人或将花与色并称，男人好色，每被讥为"花痴"，其实，即就植物的花而言，人无分男女，喜欢花的，都各有情怀。我之赞美于花的，就是它们不计绽放时间短长，一个个都愿迸发全部生命能量，做一次尽兴的盛开。细究自己，这也算是一种晚年心情吧。人之一生，皆有自己的"盛开"时刻，与花相比，说长不长，说短不短，若放在宏观世界看，实不过也是短短一瞬。或是际逢的时代条件等所限，或是不曾格外珍惜，生命的"盛开"时刻等闲放过了。如今，如此珍惜花朵，其中未必没有几分铭心刻骨的追悔。

　　以此之故，我去买花，会首选那些正绽放的，由绽放而必至盛开，我所特别看取的正是这一段（那些含苞未放的，有可能放不了），而花已凋败，该收拾即收拾，决不惜留、伤悼，乃至做一篇凄凄切切的"葬花词"之类。这一点，我想花们也一定同意。

我们还是庆幸，现在，早已不是"此花开尽更无花"的时代，无须"既滋兰之九畹兮，又树蕙之百亩"，有花农的辛勤培植，一年四季都有切花供应，时常买些回来，可以日日与"精英"聚会，轻轻抹去季节变换带来的惆怅，饱览生命永恒之美。

当然，这不免是要花些"银子"的，不过，也绝不会是"一丛深色花，十户中人赋"的天价。一次，小区的一位保安看我买花回来，说你家又有人过生日？我说不是。他说这不白费钱么？我问他，他一周要抽几包烟，他说两三包吧。我说这就抵你抽烟的钱。我没说出的话是，烟伤身，花养心，后者既如此划得来，我何乐而不为！

2020年

拐杖谣

我从五十多岁起就备下拐杖，不时拄一拄，看上去颇有"望秋先零"之意——人说是一种衰老的象征。

其实，事起于得了"五十肩"，无来由地右肩就痛起来，整个右臂会突地如废了一般，严重时，有一次下车，疼得几乎跌仆在地。我于是感到，除了治疗（也无什么立竿见影的良方，主要靠自愈）之外，还需要一根拐杖来支持。不幸的是，痛在右肩，右手也不能着力，即便如此，也多少得到一点被"护卫"的感觉。

接"肩"而至的是"踵"——脚跟痛，这也是一种说不清道不明的疼痛，痛时几不能落脚，更不能行走。于是，拐杖便出而"代庖"，出出进进，与另一边腿脚相配合，如同支起了一个竖立的担架。我由此深知，区区拐杖，实是人在危难时的真正"得力"伙伴，一个可以托付残身（生）的朋友。

据说，人之所以伟大，因是唯一能直立行走的动物，从四肢爬行到两足行走，是人类进化途程中一个伟大的转捩——今天的人当然无法想象，其间会有多少艰难况味。后肢（双腿与双足）义无反顾地接下了前肢的活儿，承受上身的全部重量，不仅要行走，而且要奔跑，跳跃——此事一做一辈子，实在不胜劳苦之至。为此付出的沉重代价，首先就在年老时体现，各种腿脚疾病频频发作。老人往往步履蹒跚，不良于行，民间俗语云："人从哪里老？先从腿上老"，所指即这种现象。上古、上上古的人，也会有老了的时候，行走艰难之际，顺手撅一根粗壮的小树干，助一助足力，定是不二之选，所以，若论历史，拐杖的产生会极为久远，可以说几乎与人类直立起来同时。《山海经》中说，夸父追日，到精疲力竭之时，就把拐杖扔出去，化为一片树林，造福后代——拐杖负载他的托付与心愿，是他最重要的遗产，值得我们对之另眼相看。

如今的人大抵不服老，也不愿在人前显老，对于拐杖倒有点"歧视"。有一次，我到一位故交家里拜望，他已是近八十岁的老人，给他带什么作礼品呢，就想到了拐杖。旧时后辈敬老祝寿，每有送拐杖之仪，我与这位朋友虽为平辈，送一根拐杖，更有相互慰勉之意。不料，他竟再三推辞，最后勉强收下，闲闲地把它放在边柜旁，还再三说他身体很好，不到用此物之时，也绝不会用。我也自觉无趣，许多到嘴边的话，只好咽了回去。

我也想过，对拐杖的这种排斥，或者不完全与老不老相关。清末有一帮留洋归来的新派人物，无论老、中、青，总喜欢手提一根拐杖，英文为"stick"，又称"文明棍"，在鲁迅先生笔下，成为

"假洋鬼子"的标配，弄得似乎名声不佳。其实不然，远古不去说了，我们的戏曲舞台上，有多少年高德劭的老太爷、老太君都是拄着拐杖的，而且，上面还附着了龙头、凤头之类装饰，材质也取用紫檀、鸡翅木之属，不仅显示身份高贵，而且有威权的分量。至于进而又造出什么"权杖"之类，传授大位，就更非凡人所可企及了。

外国人似乎没有我们一些人的偏见。有一回，我去游黄山，携了一个较特殊的拐杖，是三条腿的，可以张开，撑起一个三角形的小小帆布椅，拄杖行走累了，可随时随地打开，让吾臀落座，腿脚即获歇息，一路行来，竟很有当年陶潜先生"策扶老以流憩，时矫首而遐观"的潇洒之态，引得几个气喘吁吁的老外翘起大姆指，连连夸好，不胜歆羡之至。

斗转星移，自己年岁一天天老起来，腿脚日渐不灵光。前年，我在外地，泡完澡，从浴缸里起身，竟很困难，不得已翻过身，以膝盖顶住缸底，一使劲才勉强站起来。后来，好长一段时间感到膝盖锐痛，回溯一番，终于找出了致痛之由，正是那次泡澡起身又令吾膝不堪受命之故。那么，以后又如何是好呢？除非不泡澡，若要入浴缸，则须先备好拐杖，借助腕、臂之力站起来。忽然想到，这或者就是最纯粹意义上的"手足之情"了吧，不禁为之莞尔一笑。

人在困难时需要帮助，早年我们蹒跚学步，所有能扶的东西，就是我们的"拐杖"；病中无力起床、行动，亲人在旁相扶，是我们有力的"拐杖"；扩而言之，学习上遇到"拦路虎"，师友的指教，参考书、字典的释解，也是我们与有力焉的"拐杖"，皆能助我们移除障碍，顺利前行。垂垂老矣之时，"后肢"已不克支撑沉重的身体，需要原先的前肢"出手"，是天经地义的事。

手拄一根拐杖，也是手对足的真诚报答：谢谢啦，你们一生太劳累了，现在让我分担一下吧。

2021 年

瓜瓜这孙子

1

瓜瓜是三四个月大的时候，我们从一个网名叫"沿路的雨"的女生那里买来的。和它一起的还有另一只，不知是仁兄还是老弟，总之，从此天涯陌路，各有不同的"狗生"。

小家伙深咖啡色，承其祖上遗传，非常黏人，无论你往哪儿一坐，不一会儿就会感觉脚边有毛茸茸的东西，就是它。无论你走哪里，常会觉着它用爪子在捣你，抱你，拦你，一不小心会踩着它。为它准备了一个笼子，但它的"自由主义"精神几乎与生俱来，决不承认谁有权把它关起来，哭叫不止，于是，我们只好妥协——这大概是在为它的"狗生"作总结时，最值得反省的。

幼时的它，淘气的同时，就已显露霸气了，喜欢把门边的拖鞋叼到一边，摆动小脑袋，大耳朵一甩一甩，使劲儿咬着玩，一边还发出呜呜的低吼声，大有"秀肌肉"的气势。不过，它的实力实在高于自期，有时带它到园子南边的草坪上玩，戏称之为跑"半马"，一见有大狗过来，就忙把它抱起。有一次，一条大狗向它跑过来，把它吓得跌一大跤，屁滚尿流，有此教训，一见周边有情况，它就立马往回跑。

那时，也因小而特别惹人怜爱，在路上遛，见了陌生人，也不问其人对狗狗的观感如何，就径过去"跪舔"，此种表现诚很令人不齿，幸而，未遇上"恨狗"一族。上午阳光好时，小区园子里会有一些老人坐轮椅晒太阳，保姆们在一旁聊天，踢毽子，瓜瓜过去跟他们一一摇尾，搭爪，以示亲热，状态颇类议员拉选票——可贵的是，这个"亲民"的习惯，一直保持到现在。我们搬家以后，和新小区其他严守"阶级阵线"的同类不大一样，它对保安、保洁员一律都很亲，每每遇见，都会竭尽扭腰摇尾之能事，乃至与一位常来送东西的快递小哥，竟几乎成了"金兰之交"。

2

人生不易，"狗生"又何尝易？在它大半岁的时候，遭遇到它"狗生"的一次大劫。

那年除夕晚上，我们带它去孩子姥姥家吃年夜饭，出了门来，正是鲁迅先生所谓"空气里已经散满了幽微的火药香"时分，我却未曾意识到，顺手将瓜瓜放下，让它"方便"一下。刚落地，隔着铁栅栏那边院子里，有人放鞭炮，突然，一声"蹿天猴"震耳巨响，它大惊，遂撒开爪子，在黑暗中，不顾一切，仓惶向外窜去。我们一家三口立即叫喊着追赶，到了门外，它的深色毛躯早已融入夜色，杳然不见其踪影矣。大街上鞭炮声噼里啪啦，勃然四起，且正愈益密集，我向周围喊了几声，全无回应，立刻就产生了一个悲观估计——可怜瓜瓜有生以来哪里见过这种阵仗，一定吓坏了，不知要往哪里躲，追不上它，肯定就丢失了。几分钟后，这才见女儿抱着它从北边走过来，她大喘着气，告诉我们，它已越过东西向的大街，幸亏有一辆车的司机发现，立马刹车，未轧着，直到几十米外，一个停车场的两车之间，才找到它。

这时的瓜瓜，真是"吓死宝宝"了，小心脏扑通扑通地跳，浑身瑟瑟颤抖不止，回到家，给它东西也不吃，只蜷缩着偎在奶奶身边，听着外面的鞭炮声，余悸犹在。好一阵子，在家一听门外有声响，猵猵狂叫的威风全然不见，迅即躲到人身边来。大家都说它吓傻了，既然幼年有过这样一次心理创伤，任何过失，皆可溯源及此——这也注定成为一种"经典"的开脱之辞。

3

现在，就要说到它的各种"劣迹"，乃至"罪行"了。

有了上面一次惊险经历之后，家人自然更加垂怜于它，人心皆怜幼小，何况，它还有过那样受伤的不幸经历呢。于是，在管教上常不免失于宽纵。

首先，是它的饮馔，尽管有无数"铲屎"界先进人士都耳提面命过，不可给狗狗吃人的食物，我却仍然忍不住向在餐椅旁巴巴等待的它，接二连三"投喂"美味，几乎成为常规。此事不是没有过争议和犹豫，然它在两岁时，被宠物医生诊断有"不治之症"后，我似乎就更确立了自己的"狗生观"。该医生看了X光片子，断定它患有肾结石，要做手术，且不能"断根"，以后还要不断地做。我以为，与其这样受罪，不如就让它多识人间的美味，快活几年，也不枉为狗一生了。幸运的是，瓜瓜因此口福不浅，营养大增，原有的症状居然消失，已悠然活到现今。这当然不足为训，不可作为"成功经验"推广，是要特别申明的。

在瓜瓜自己，它也未必揣摩到我的心思如此之深。进餐时，它照例将脸扭向另一边，决不做出"吃相难看"的样子，只是你若不理它，它会用小爪子轻轻捣你一下，提醒它的在场——这也不算它的特立独行，狗们似都如此，也是它们祖传的"小程序"。而后面的事，则更与"失教"直接有关。

还是它一岁多时吧，来给女儿做家教的小王老师上卫生间，不知怎么，竟被它咬了一下，除牙印外，还见了点血，她立即上医院打了针，又转院注射了血清蛋白。未过多久，女儿抱它玩时，鼻子竟被它的小白牙"擦枪走火"了一下，虽未见血，也只得去医院打针。又一回，轮到我了，那天中午，我要抱它过来睡觉，它遽然发怒了，忽地给了我的右手一口，完全是"闪电战"，不及防备，食指

第二节的指肚破了一道小口子，有血渗出，我立即去挤，并用清水冲洗，这时，是万不能用"创可贴"的，伤口一直敞露，许久都有血渗出，想来是毛细血管破了。去不去医院打针呢？查网上，许多意见都力主要打，所谓"晚打不如早打，不打不如打"，而当时外面天气巨冷，实在不愿去。拖延到第三天，才去医院急诊部挂了号，医生说既然见了血，属第三级，要到另一家医院打血清。此事弄得很纠结，再查"百度"，有个教授，力主"十日观察法"，即咬了人的狗，如果十天内没死，就百分之百没事。据说美国人养犬很多，每年只有五万例打针的，中国要有上千万例，这里头似乎是有什么营商的"玄机"，我便大胆行了权宜之计，幸好，瓜瓜一直顽健如常，我也太平无事。

此后，类似的案件还发生数起，对这个"罪行"累累的小惯犯，有时叫人真是"恶向胆边生"，我曾大声对它宣告：我们不要你了，把你送"狗肉馆"去。奈何它又天生愚骏，全然不知道"狗肉馆"意味什么，只是睖睁着两只眼睛，痴痴地望着你。你不得不无奈地恨恨骂道："这孙子！"

4

也或是渐渐大了，瓜瓜后来不再有这种过失，它以往劣迹的阴影在我们的心里也慢慢淡去。

其实，或者它就从未在意我们对它作何想，除了瞬间意识上的空白，在它的心里，主人就是最亲的亲人，它决不放弃依傍主人，这一条可谓真正无敌——无论它做错了什么，你如何训斥，它没心没肺，没皮没脸，甫一落座，它照常会跳上来，偎依在你身边，地地道道一枚"狗皮膏药"，须臾之间，你还能听到它鼻腔里发出的幸福无比的鼾声。而每当你离家时，它则会无限不舍地望着你，甚至有时还会发出嘤嘤的哭声，一旦家里人回来，它又会跳跃，扑腿，三百六十度打转，并发出欢叫——小小身躯就像一团有声有色的激情。这时，你会不由得莞尔一笑，手也不自主地伸出去，抚摸它茸茸的颈毛，就是这样的小家伙，犯了天大的错，又能拿它如何？

　　几年前我写过一篇散文《忠犬希声》，蒙《散文》月刊编者青睐刊发了，也有几个读了说好的，也都是站在一定距离之外容易产生美感的人，有资历、有经验的"铲屎官"，反而笑而不言。在那篇文章中，我写过，如果要养狗，一定要准备好。养了一段这只小狗，我更深地知道，这个准备，不只是供其生长的良好环境与条件，还要有足够的爱与理解。我认定，人的爱是人性中一块需要"舔"软的东西。养狗久了，你会感到有一种被"舔"软的暖融融的东西在心里生长，并成为你的一部分，放不下也丢不开。我想，无论今后它在和不在，在我有知之时，都会常常想起它，并轻叹一声：

　　"瓜瓜这孙子！"

2021 年

辑二

浩然之气
——孟庙随想

　　走进孟子老家邹城的孟庙，第三进，有两个门，一是"知言"门，一是"养气"门。这两个门原先不是这个名字，后来改的，当然是因为在孟子的语汇中，"知言"和"养气"都很重要。比如"知言"，人的一生，要碰上多少各种各样的"言"，其中包含大量虚假宣传，歪理邪说，不进行分辨，以达真"知"怎么行？而"养气"，养自身一腔"浩然之气"，行仁蹈义，更是关系生命的意义与价值，乃是人生之本，也须臾轻忽不得。

　　说到"浩然之气"，我们就能背出一连串孟轲先生的名言，像"我善养吾浩然之气""贫贱不能移，富贵不能淫，威武不能屈""生，我所欲也；义，亦我所欲也。二者不可得兼，舍生而取义者也""民为贵，社稷次之，君为轻""生于忧患而死于安乐""天将降大任于是人也……""仁者无敌"等等，等等。我读过当代人写的一首颂赞李白的诗，说是如果没有李白，我们会少背很多唐诗，少用很多成语。博大精深的汉语言会少了许多精金美玉般的东西——"说童年，没有'青梅竹马'；说爱情，没有'刻骨铭心'；说享受，没有'天伦之乐'；说豪气，没有'一掷千金'。'浮生若梦''扬眉吐气''仙风道骨'这些词都不存在"。然而，如果没有孟子呢，我们的汉语言就失去了民族精魂所系的多少铿锵语句，千百年来，人们祭祀孟子或并不多，而他的这些话，却是常常伴在我们的笔下、身边和心头，时时振奋国人的精神，堪称真正的金句。

怀着这种崇敬的心情，踏入"亚圣殿"，这里供奉的孟子塑像，庄穆，矜严，实在不能展现他当年在朝廷上"面折"君王的气概与神采——那个血性勃然的孟子竟然当着梁惠王面嘲讽他"以五十步笑百步"，而且实话实说："庖有肥肉，厩有肥马，民有饥色，野有饿莩"，直指梁惠王"率兽而食人"。齐宣王也是常常被他顶得一点面子也没有，甚至掉入他挖好的借喻的"坑"里，只好"王顾左右而言他"。无怪乎当权者们都不喜欢他，孔老夫子还曾有幸任过掌权的实职，诛杀了讨厌的少正卯，他却一直只是个"顾问"。所谓"顾问"也者，古今一样，在两造之间，都是可有可无的，也即可顾可问，亦可不顾不问，不过，孟夫子遇上的梁惠王、齐宣王这些君王，还都是有时肯做出些姿态，听取顾问先生们的意见的。

《孟子》是孟子弟子们编撰的书，它偏重于记录孟子的言论，而较少叙写他的故事，唯有一件事说得较详：有一天，齐宣王派人到孟子住处请他，说原打算自己亲自前来见他，却因为感冒不能来了，不知道孟轲先生明天能不能上朝，大家见面聊聊。孟子一听，不高兴了，便道："真不巧，我也感冒了，不能去上朝。"事情到这里，也就小事一桩，说过撂过，哪知第二天，齐宣王派个太医来给他看病，而他却一早外出，去朋友家吊丧去了。这就急坏了留在家的学生，给他圆谎说，今天他病好了一点，已经在上朝的路上。一边赶紧叫了好几个人分头去几条路上截孟子，嘱他不要回来，直接去上朝。孟子很执拗，还是不去上朝，也不回家，晚上，跑到一个叫景丑的朋友家过夜。景丑对孟子这种做法大不以为然，而他则有自己一套说辞，大意是说，失礼的不是他，而是齐宣王——在朝廷，讲位阶；在民间，则要论年龄；社会上，更要看德行。三者中，齐宣王只占第一项，怎么能轻慢我这个占了两项的人，说要我去就得去见他呢？

　　这件事后续如何，文中未讲。就情理而言，孟轲先生不是初来乍到，他自己上朝见宣王，肯定也非第一回，这一次大耍名士脾气，纵然引出一堆说辞，也总让人觉得有些于情理不合。他在齐国一住四年，与齐王相处，也总有一些进退揖让之道，倘若是这样一味耍大牌，硬撑，早就该卷铺盖走人了。孟子是孔子的私淑弟子，号称是"继往圣"的，而孔子就不这样，他听说国君召见，不等车驾准备好就自己步行去了。上朝的时候，跟国君说话的态度，大体保持恭谨有礼，卑亢适度。据说，有一回，他卧病在床，国君亲自前来探视，他头朝东躺着，还特地盖上拖着大带子的朝服，以示尊敬。这倒不是说孔子如何向权贵献媚，邀宠，而是遵从人与人交往中的基本礼仪。我们从功利一点说吧，若要说服国君行仁政，施展自己的政治抱负，也是不可不注意一些公共关系的。看来孟子的学生们编派这个故事，委实不太高明，他们大概一心要让心目中先生的形象"高大上"，有些必须考虑的因素就忽略了。

有时候我想，诚然，故事是很重要的。一部《论语》，多是记言，但其中也有一些有意思的故事，把后来尊为"大成至圣先师"的孔夫子表现得那么富有个性和人情味。就说那个后来总被人拿来搞笑的"子见南子"，孔子确实去会见南子了，南子名声不佳，却是一位重量级的名女人，孔子此举似未顾及社会影响，学生子路表示不满，弄得老先生指天发誓说，确实没有做什么见不得人的事。这故事虽然不能提升孔子的形象，而一个真的孔子，就活在这样的故事中，比较容易让人亲近。孟子有孟子的个性，他机智、善辩、傲岸、峭直，然而，还是最好不要矜夸他如何犯起拧来，不近情理，还振振有词。

有关孟子的故事流传下来的并不多，太史公一篇《孟子荀卿列传》讲的大多是其他人的事情，民间"孟母三迁""断机喻学"之类，主题也是孟母教育有方。他一辈子主要从事的还是讲学、著述，在鲁、宋、魏、齐几个国家跑跑，游说当权者推行"仁政"。有人说，孟子当时是在开"国王训练班"，这当然是开玩笑的说法，各国正面对一个虎狼之秦，处在生死存亡之际，谁能接受他那些迂阔之议？孟子看看其道不行，就又返回自己的"三线"老家去了。

孟子自己并无什么了不起的功业可传，却成就了他的精神遗产光焰万丈，正如前面所说，一部《孟子》，给中国人留下多少振聋发聩的金句，融进了一代代人的血脉中。比他年轻一点的三闾大夫屈原，虽然年年端午无数人仪式化地感念他，却还是有人发问，他那样死忠的国与君，跟今人有何关系？孟子却不然，他的以民为本、以民为贵的思想对古今国人都具有经典性，这一点，特别令历代统治者很伤脑筋。据说，明朝皇帝朱元璋就曾经指出孟子的思想很危险，不但亲自动手大段删节《孟子》，还下令将他赶出文庙，甚至，传出一句很吓人的话，说若是孟子活着，他绝逃不过被砍头的命运。后来，虽然经过大臣们力争，此事做了冷处理，还是让孟子的粉丝们着实为先师，也为自己捏了一把冷汗。

　　经历了历史的风风雨雨，孟庙仍在。那些树龄动辄数百年的古木仍在，一棵棵苍郁沉厚，意静神王，守望着这故国的精魂，轻轻地走过它们，你还是会不由得不感到几许欣慰。

2020 年

李斯的"鼠运"

司马迁为秦相李斯作传，一篇《李斯列传》，大半部秦朝史。秦朝在历史上有多重要，李斯就有多重要。然而，太史公起笔，却是将他与为人所鄙的老鼠联在一起的：

> 李斯者，楚上蔡人也。年少时，为郡小吏，见吏舍厕中鼠食不洁，近人犬，数惊恐之。斯入仓，观仓中鼠，食积粟，居大庑之下，不见人犬之忧。于是李斯乃叹曰："人之贤不肖譬如鼠矣，在所自处耳！"

李斯的眼中，看到世上有两种鼠，一是畏畏缩缩，惊恐不安，在茅厕觅食的鼠，一是得意洋洋，在积粟如山的巨仓中饱食终日的鼠，李斯的选择，归于后者——用今天的话说，他要为自己找一个更大、更好的平台。于是，他就投奔当时欲一统天下的秦国而去。

太史公对李斯这厮的看法相当负面，这个以鼠为喻的开头，未尝不带有一点贬意，而就当时的时势和作为一个游士的职业生涯而言，李斯的这一选择也并无什么不对。

诚然，秦是当时的一个"巨仓"，这个"巨仓"中，不但存有充足的粮食储备与兵力，而且包有吞并六国的巨大野心和动能，以及与人才引进相伴而来的各种智力比拼，对于络绎而来的群"鼠"而言，不但入仓难，立足，安身，发达，均极不易。而李斯就做到了，很快从吕不韦的手下，擢拔到秦王的身边，攀上了这个巨仓的食物链高端。不能不说，李斯还真有两把刷子。

李斯其人的品行如何先不去说它，一个人在权力场上"行情"暴涨，总是会引起周围一些人的不安与恐慌。当秦国成功破获了一桩来自引进人才的间谍案后，有人乘机提出扩大化的除奸政策，要把来自各诸侯国的谋士统统驱逐出境，这其中，自然也包括当时正在冉冉上升的政治明星李斯。不幸的是，秦王即后来的秦始皇，居然也点头同意了。对于李斯这只已经找到"安乐窝"的幸运之"鼠"而言，这真是一个无妄之灾。他当然不能眼睁睁看着失去来之不易的"天堂"，于是立即出手写了一篇《谏逐客书》，这篇文章不长，相当精彩，后来成为一篇千古名文。文章反复举例说明在人才引进上持开放态度对于秦国的莫大之利，反之，则有莫大之害：

> 臣闻地广者粟多，国大者人众，兵强则士勇。是以泰山不让土壤，故能成其大；河海不择细流，故能就其深；

王者不却众庶，故能明其德。是以地无四方，民无异国，四时充美，鬼神降福，此五帝三王之所以无敌也。今乃弃黔首以资敌国，却宾客以业诸侯，使天下之士退而不敢西向，裹足不入秦，此所谓"借寇兵而赍盗粮"者也。夫物不产于秦，可宝者多；士不产于秦，而愿忠者众。今逐客以资敌国，损民以益雠，内自虚而外树怨于诸侯，求国无危，不可得也。

抛开李斯的个人因素不说，其所据之理，虽历两千余年，依然颠扑不破，至今还值得人们参酌。秦王是明理的，立马采取纠错机制，一场危机公关，李斯的"鼠运"得以转危为安，秦国的国运亦重回上升通道。李斯没有忽悠秦王，他确实竭忠尽智，辅佐秦王完成霸业，一统六合，秦王称帝，拜李斯为相，可谓实至名归。

李斯的煌煌功业并不止步于此，他还为秦王朝打造"金汤之固"的江山出谋划策，办了一系列的大事，诸如废除分封制，强拆郡县城墙，制定法律，统一文字与度量衡，修驰道，兴游观等等，后来，他被赵高陷害入狱，满怀悲愤，上书为自己评功摆好，逐一罗列，唯漏了他最为后世诟病的"焚书坑儒"。"坑儒"与他是否有关，《李斯列传》未讲，但"焚书"却确凿是他的主张，"评功摆好"不提，或是这时已经感到此举有些愧对春秋了。按说李斯颇有功高盖主之嫌，倘秦始皇活着，他必不敢这样讲，那会"贪天之功，据为己有"，是一等的死罪，此时在狱中受酷刑伺候，患至呼天，情急之下，也顾不得其他了。揆情度理，他把秦之建国、经国的这一切根本大计都归功于自己，还是未免太过。须知秦始皇乃一代雄主，绝非凡庸之辈，许多大主意，他早已筹之在胸，李斯随侍多年，练就了一套先意承旨的本领，即是揣摩透了君王的心性与想法，能把君王想说而未开口说出的话，由自己代说出来，君王只要颔首即可。这时候，君臣之间就达到了高度契合，这是王朝统治一种很高的境界。李斯的高超，与其说是他脑子灵光点子多，毋宁说是他精明机敏，熟谙秦王朝高层政治操作规则。向来游士给人的印象都是凭三寸不烂之舌博取功名富贵，其实不然，欲达至如李斯一般成就者，需要懂和会的东西还是很多的。

秦始皇在位外出巡游多次，最后一次是南下荆楚，而后浮江至钱塘，上会稽山，按照他身后陪葬的兵马俑规制，我们不妨遥想一下，其阵仗、声势会何等宏大，真是车骑千里，旌旗蔽空，威震四方，无异于一次极其辉煌的"路演"，而作为丞相的李斯，正是这一盛事的总指挥。李斯当时的心情想必十分得意，无论如何，他是立于自己人生事业的顶端，放眼看去，春秋战国，游士如云，几乎无一可以与之比肩。秦帝国包举宇内，始皇帝以他为股肱，此行虽也带了小儿子胡亥和近臣赵高等，所真正倚重的却是他。以原本河南上蔡一个普通小吏的他，今获此"一人之下，万人之上"的高位，岂非旷世之幸！

而另一方面，一路走来，他也心事渐沉——就是皇上的病势越来越重。王朝统治者的健康信息从来都是绝密的，李斯身居要职，全盘掌握，始皇帝最终在归途中一个叫沙丘的地方驾崩，而在之前的许多日日夜夜，李斯就已不知做了多少噩梦。稍后赵高来劝说他假传始皇遗诏，杀公子扶苏，立胡亥继位，为他剖明利害，似是刀刀见血，令他不得不从，其实是低估了他。

鼠就是鼠，出没于茅厕，固然怕见人犬，时时惊恐不安，而进入巨仓，居于大庑之下，也仍会本能地左顾右盼，唯恐飞来横祸。如今他的荣华富贵，都有赖于始皇帝的天恩，有始皇帝在，尚可称安全，而一旦始皇帝不在，即将身处险境——继位的公子扶苏，与战功卓著的将军蒙恬，会不会发动一次以他为主要对象的捕"鼠"行动？秦始皇死了，却秘不发丧，应该是他与胡亥、赵高等极少几个人秘密议定的决策，而主谋一定是他，台面上的理由是为了稳住军心，严防生变，嗅觉灵敏度极高的赵高却从中闻出了他更深一层的心思，即争取时间，谋求应对生死危机的良方。这时，胡亥、赵高和他，就上演了一出心口不一，相互试探的戏码。

赵高对胡亥挑明了下一步行动方案——矫诏除嫡时，胡亥起初是佯作拒绝，似乎深明大义，继而，就迫不及待地叫赵高去与李斯沟通。而李斯也入戏太深，立即做出强烈反应：

> 斯曰："安得亡国之言！此非人臣所当议也！"
>
> 斯曰："君其反位！斯奉主之诏，听天之命，何虑之可定也？"
>
> 斯曰："斯，上蔡闾巷布衣也，上幸擢为丞相，封为通

侯，子孙皆至尊位重禄者，故将以存亡安危属臣也。岂可负哉！夫忠臣不避死而庶几，孝子不勤劳而见危，人臣各守其职而已矣。君其勿复言，将令斯得罪。"

终至听从了赵高的主意，加入了他们的阴谋集团，他还"仰天而叹，垂泪太息曰：'嗟乎！独遭乱世，既以不能死，安托命哉！'"完全是一副无奈又无辜的样子。实在说，赵高之计，于他是正中下怀，是将他从危境之中解脱的最佳方案，倘若问他此时内心的真实感受，一定是惊魂甫定，心上一块石头终于落下了。以当时情势而论，如果赵高再不来找他，怕是他要主动去找赵高了。

政变成功，"巨仓"中又呈现暂时的安定，表面上，李斯仍端坐在原先宰相的位置上，实则他已悄然被置于危墙之下。赵高可以把他拉来做一场惊天阴谋的共谋犯，却绝不肯让他分享得手的这一块权力的大"蛋糕"——这是一只更恶的硕鼠，一场更酷烈的"鼠斗"无可避免。

我们这里不必再复述《李斯列传》中关于赵高如何给李斯"挖坑"，以及李斯又是如何掉进"坑"里的，他之所以能灭掉李斯，最根本的一条是他搞定了秦二世胡亥。作为一只在秦的"巨仓"中已经营多年，阅世甚深的"老""鼠"，李斯不是麻痹大意，亦非拘谨、迂执，他也曾放弃"原则"，曲意迎合二世所好，希图博得新主子的欢心，以巩固自己的权位，奈何赵高是一只更没有底线的恶"鼠"，他有办法阻断李斯（以及其他人）与现任皇帝联系的一切管道，甚至设计让李斯在不对的时候不对的地方见皇上——彼时皇上正在寻欢作乐，他却去败兴。终于由疏离到反感，到厌弃，再跟进谗言与谣言，捕"鼠"夹的机括扳动，李斯就死定了。

以"指鹿为马"臭名昭著的赵高，罗织罪名，将李斯关进了大牢，李斯之命危乎殆矣。实在说，这时赵高之于他，已不是一只同辈的"鼠"，更像一只凶残无比的恶猫，它恣意地侮弄自己的俘获物到死，无论李斯如何呼天抢地，喊冤求告，抑或忽而抗拒交代，忽而"坦白""认罪"，最后都难逃一死，而且是最血腥的一死：斩腰而死。李斯做梦也未想到他会是如此结局，临上刑场时，他回头对陪斩的儿子说："我想和你再牵着黄狗一同出上蔡东门去打猎，还怎能办得到呢！"言下有无穷的悔恨。文章读到这里，我们似已能看到太史公那两道冷冷的目光，用李斯此言照应前文，讽意热辣。然而，平心而论，战国游士，朝秦暮楚，各为其主，李斯选择了秦，还是具有相当的忠诚度的，他引鼠以自喻，从个人利害做选择，茅厕既非好的去处，巨仓实亦不可留——巨仓有巨仓运行的机制，固然是他的误判，换个角度想，斯时也，欲成就一番事业，他又何去何从？岂不令人发一浩叹。

2021年

范蠡之选

宁波钱湖（又称东钱湖）名字有点俗，其实湖并不俗，一走近它，便会被它既清丽又浩渺的气韵吸引，但见碧波涟涟，远山如黛，令人不由得不想起它的近亲杭州西湖，据说此湖较西湖还大数倍，实要刮目相看。湖的一侧有伏牛山，现亦有人改称陶公山，用以怀念战国时代越国名士范蠡。

这位范先生的一生，在历史的江湖上是一则了不起的传奇，它的故事包含了智慧的、爱情的、财富的多种元素，为世所罕见。后人有的说他："忠以为国；智以保身；商以致富，成名天下"；有的说："春秋战国近五百年，以功名始终者唯范蠡一人"，赞誉有加。

不过，我们也看到他身后一千多年，大文豪苏轼吐槽他，说范蠡形容勾践的嘴像鸟嘴，以是之故，"可与共患难，不可同安乐"，而在自己看来，范蠡的嘴也似鸟嘴，他的私心、贪心放不下，即使后来勾践好好用他，恐怕他也不是省油的灯。范蠡何以不好？苏大文豪所最不满的是，他竟然弃官不做，跑去经商致富，"夫好货，天下之贱士也"，以我们今人的眼光看，这个逻辑真的很成问题。不过，我们还是不去跟苏轼争辩这个吧，他在宦海风波中折腾了、倒霉了一辈子，缺的就是范蠡的见识和选择，当然，也没有他谋富的能力与手段。

倘若当年范蠡真是携爱侣西施在此处隐居过一段，还时不时来此湖上垂钓取乐，留下"陶公钓矶"一处胜景，我们倒是不妨朝眼前湖上风光再凝眸一番，放飞神思，追寻一下这位旷世高人的踪迹。

平心而论，范蠡一生最值得称道的，也是偏于积极方面意义的功业，是他助成了越王勾践卧薪尝胆，"十年生聚，十年教训"，终于一雪会稽之耻，反攻灭吴。一般人或只知是他在勾践遭遇惨败之后，为之出谋划策，作出重大战略调整，韬光养晦，伺机再起，少有知道勾践犯下盲动大错之前，是他竭力劝止而挨过批的，他本可以就此一走了之，"挥挥手，不带走一片云彩"，然而他没有，越是至暗时刻，越能看到为人谋而必忠的信念闪光。一般人或只知是他陪同勾践一起忍辱含垢入吴为奴三年，却少有人知道原本这个任务是落在他的朋友、另一位大臣文种肩上的，他却主动揽过来，让文种替代他留守国内，而自己则无畏地踏上一条虎口谋生的险途，用今天民间的话说，对待朋友，这就是真够意思！这个人不但对君主、对朋友够意思，脑子还特别好使，勾践在他的一步步调教下，妥妥地麻痹了吴王夫差，让夫差思想上完全缴械，最终落了个兵败自尽的下场。

勾践成功灭吴，称霸一方，正是论功行赏之时，他却意外地收到了范蠡的辞行信，这不但他全然想不到，整个朝廷的人也想不到，有什么特别的理由吗？没有，只是说，现今他在越国的使命算完成了，下一步他要走自己的路。或用今人跟老板"拜拜"时说的一句话：世界那么大，我要去看看——也差不多。勾践震惊之余，不由得怒火上冲，对他说，你别走，把一半国土分给你，你若坚持要走，我就杀了你和你全家。权力的豪横就是如此。范蠡淡然一笑，没有听从他的话，而是执意听从自己的心愿，悄悄携家人驾船，从一湖烟雨中消失了。

范蠡的出走，其实，有他更深一层的考量，这就是他之所谓的"大名之下，难以久居"。勾践或勾践的继承者会把他视为对自己惘惘的威胁，势必引来大祸，何况，他已在与勾践的长期相处中察觉其"为人可与同患，难与处安"（可惜史籍未能留下他所观察的诸多细节）。仅就入吴为奴的三年，他们朝夕相处，从行为心理学观点看，是足以在其举手投足之间将勾践的秉性看得透透的。他对自己的判断坚信不疑，史书上写道：

> 范蠡遂去，自齐遗大夫种书曰："蜚鸟尽，良弓藏；狡兔死，走狗烹。越王为人长颈鸟喙，可与共患难，不可与共乐。子何不去？"种见书，称病不朝。人或谗种且作乱，越王乃赐种剑曰："子教寡人伐吴七术，寡人用其三而败吴，其四在子，子为我从先王试之。"种遂自杀。

文种也是越国灭吴复兴的大功臣，勾践毫不容情，一声令下，就将他除掉，证明了范蠡判断之准。历史真不是白学的！千里之外，听到这个消息，范蠡也还是不免脊背发凉。

功成名遂，全身而退，一般成功人士的人生故事，到此也就算很不错的收梢了，然而，范蠡不然，他的高潮还在后面。他先是到齐国，改名换姓叫"鸱夷子皮"，在那里做生意，主要是货物销售端方面的事，经营了一段时间，赚了不少钱。这件事应该不是他偶尔兴起所为，必定筹之已熟，他深知，在这世上，没有钱是万万不能的。有了钱，才有稳定的基础和选择的自由。转型经商，他不但有从老师计然那里得到的真传，也能借助在越国从事经济管理的经验与体悟，获得财富不是梦，而这正是他拒绝勾践的底气所在。像苏轼这样的文人，虽然声言"小舟从此逝，江海度余生"，其实是不敢迈出自主选择的一大步的，没有经济基础，茫茫江海，何以度他的余生？

"鸱夷子皮"的名字上了当地富豪榜，齐国的君主惊喜地发现了他，一定要请他当丞相，且不由他不从。在这个环节上，史籍又留下来一个空白，没有说他的原有身份是否已经曝光，从情理上讲，稍作一点"内查外调"，是不难知道他就是大名鼎鼎的越国功臣的，而且，若不接续上往昔的履历，也不会轻易授给他相印。他推辞不掉，只得供职了一段，心中仍有一种不祥之感挥之不去，"乃归相印，尽散其财，以分与知友乡党，而怀其重宝，间行以去，止于陶"，这以后就改叫"陶朱公"了。据说，没过多久，他居然又"致货累巨万"，富甲一方。

陶朱公后来被尊为"商圣""财神"，为众人敬仰。实在说，他的那套贱买贵卖，"逐什一之利"的经商手段，拿到现今市场经济中，只是"小儿科"。我觉得他最厉害的，还是那种洞彻世事的人生智慧，这种智慧温度极高，能迅速熔化世间看来很贵重、很坚挺的东西，比如名望、权势、金钱，使之同于尘土，归于无有。比同时代成功的商人们更多一段脍炙人口的故事是，他"三致其金"，屡屡散财，其中，当然也包括今人所谓的公益性捐款。犹如对权力、地位等等一样，他的识见对金钱也极具洞穿力，用钱豪爽如侠，全无一丝守财奴之态，这大概才是他改换"赛道"之后仍能取胜之由。《史记》中颇为详细地记述了他派长子去楚国救次子的一段故事：这位公子领命到楚国救犯事入狱的弟弟，拿一包金子去送范蠡的一位世交，这位世交老伯没有当即拒收，也可能是在其他环节上要用，可巧遇上特赦令将颁，公子为送出的那包金子吝惜不已，又去世交老伯那里要回来了。岂料世交老伯深感受辱，一气之下，进言楚王，把他弟弟踢出了"特赦"群。公子垂头丧气，扶棺回家，范蠡迎出来说，以此子处事（用钱）的态度，我早已料定，此事他是办不好的，果然。

似乎一直也没有人说范蠡是不是"红顶商人"，我是不太相信，他初入齐国，不借助一点老关系，不利用一点权力资源，就能短时间迅速致富吗？正如前面所说，尽管隐姓埋名，齐王仍能将他拉上相位，还是看到了他有过不凡的背景——在玩转政商关系上，他一出手，肯定就能把当时竞争对手甩下几条街。至于定居于陶之后，有没有"老关系"已不那么重要，手上有了第N桶金，自然更能干得风生水起。不过，终其一生来看，"做官不发财，发财不做官"，范蠡先生还是守住了底线的，这一条就很值得今人大大点赞吧。

2021年

乌江之刿

　　曾经有一高考作文题引起人们关注，题曰："回到原点"，我便想到这个人——项羽。他被潮水般的敌军追逼到乌江边，非常诡异的是，乌江亭长居然驾一小船，等候在那里，要渡他过江，再谋发展。此事后来聚讼纷纭，连毛泽东也书写杜牧的诗句云："胜败兵家事不期，包羞忍耻是男儿。江东子弟多才俊，卷土重来未可知"，有惋惜，也有批评。王安石《题乌江项王庙》则云："百战疲劳壮士哀，中原一败势难回。江东子弟今犹在，肯为君王卷土来"，诚然，世易时移，帝王霸业，而今安在，谁肯为之卷土重来？看这样的英雄，总还是要有些历史眼光的。

　　严格说来，乌江并不能算是项羽的"原点"。项羽的出生地下相，离此乌江还有两百多里，倘若以之为"原点"，恐怕要追溯到娘胎方止。他与项梁逐鹿中原，事起湖州，举兵八千，笼统称之为"江东子弟"是可以的，乌江一带，殆可纳入"大江东"的概念，也就在此意义上，我们可以说他又"回到原点"。在此原点，当年他披坚执锐，锋不可当，八千人马不为多，却也一呼百应，豪气干云；而今他身边人骑无几，疲惫不堪，身后则士饱马腾，喊杀声一片，成了真正的末途穷寇，眼前大江一道，浪涛滚滚，恰似天意呈示一般，乌江亭长驾船出现，将一道选择题掷过来：生还是死？A还是B？

项羽一生，昧于断处甚多，比如史上最凶险的宴会鸿门宴未果断处置刘邦，坑杀二十万秦之降卒等等，虽然他一度称霸，帝业在望，却终于四面楚歌，一败涂地，令人扼腕。而他直到最后，也未有一番清醒的反省，反而一而再、再而三地放言："此天之亡我，非战之罪也。"这一点，特别令太史公不满，大批其"岂不谬哉"。有西哲说得好："你的命运就是你的意见的结果"，道什么"天之亡我"，让老天去背黑锅！试想，倘若鸿门宴上，他能听范增的意见，让项庄实施对刘邦的"斩首行动"；倘若他占领咸阳，雄踞关中，而后各个击破，一统天下，而不是大局未定，就想衣锦还乡，分封诸侯，养虎遗患；倘若……秦亡后的历史岂不是就要改写了么？

然而，这一刻，在乌江亭长救生的小船跟前，他却做了一个明白的了断：选择B，选择死！他把心爱的乌骓托付给了亭长，把自己的头颅"赐予"了"故人"，把一生的句号画在了战场。我们替项羽想想，他这等狼狈样子回去，真是有何面目见江东父老，还有，如今大势已去，孤家寡人一个，他还能有当年的号召力和凝聚力，卷土重来么？人固有一死，如项羽者，当然还是这样死得磊落豪壮，有声有色！中国文化中有一个很有意思的概念叫"势"，"乘势而起"是一种"势","势如破竹"是一种"势","形格势禁"是一种"势","大势已去"也是一种"势",人的一生事业,何往而不在"势"中! 还是王安石说得对,"中原一败势难回",不管项羽当时意识到多深的程度,他的放弃终是明智的。从垓下突围出来,他不是还有八百多部属跟从么? 渡过淮河,不是也还有一百多人在左右么? 最后只剩下二十八人,早先那些人呢? 是全都浴血拼杀,英勇阵亡了么? 还是许多人见势不妙,脚底抹油,开了小差,甚或缴械投降了呢?

"以势相交者,势尽交绝"。当其乘势而起,乃至势不可当之时,趋势、附势、仗势者众,于是,如火如荼,如日中天;而一旦势减、势弱、势衰,则必定纷纷叛离,逃亡,反戈,所谓"兵败如山倒"是也。这在当事人,或者是不讲义气,而自另一角度言,也未尝不是"识时务者为俊杰"。照乌江亭长所说,"江东虽小,地方千里,众数十万人,亦足王也"。此言可信吗? 以项羽单枪匹马归去(真正是单枪匹马),众数十万人就能俯首帖耳,紧紧团结在他的周围,为他效死吗? 汉王以高额悬赏买他的头颅,就无人心动,继而行动吗?

时隔两千多年后,另一位"霸王"型人物,伊拉克前总统萨达姆也来到了他命运的"乌江"之前。据报道,巴格达陷落之日,他也曾奋力驱车,到处督战,但是已经没有什么人再听他的,他只得站在警卫已作鸟兽散的总统府前凄凉哀叹:"结束了,一切都结束了。"此后,就开始了漫长的逃亡生涯。首选之地,自然是他的"原点"，他的故乡提克里特。在那里，确实有父老乡亲编织网络，庇护过这位末途领袖，然而，八个月后，美军还是在一个地洞里抓捕了他。电视传送的当时画面令人印象深刻，也充满了历史荒诞感。老萨远比西楚霸王阔绰，他手里有大把的美金可以付给乡人，然而，这也未能阻止遭到背叛和出卖。最终，他的生命是在敌手的绞架上结束的，这一点，较之一刎动千古的项羽，着实有逊于多多。当然，老萨惜生，也还不是一味苟且，他仍在组织抵抗，亦未可以一般偷生视之也。

太史公描述项羽"乌江之刎"，真是浓墨重彩，不遗余力，曾被人称为是一场"超级巨星"秀。别的都不去说它了，这里又要再提一提那个诡异的乌江亭长，他的身份是确定的，项羽认识他，然而，他究竟是一个何等高人，能预知项羽于慌不择路之际必定逃窜至此，而预备下一条小船等待？太史公对此已经不遑酌量，无论如何，这个人物此时此地出现都是必须的，生还是死，端由他放出最宏大的声效，一场震古烁今的英雄悲剧至此方骤至最高潮。项羽短短一生，任是有多少战绩，有多少缺陷，都已不重要，而唯此舍生取义的一刎，为他赢得人杰鬼雄的英名，让人另眼相看至今。太史公何以如此用笔，读过他的《报任安书》的人或都知道，身受奇耻大辱腐刑的他，之所以未能痛快引决，实在是有其不得已，不去做不等于不向往，以极壮烈豪迈之场景，寄极沉痛委曲之思想，可能真是其精髓所在。

普天之下的人，无论贤与不肖，都会被命运之神追逼到他或她的"乌江"边上，缅怀项羽的乌江之刎，并非提倡盲目轻生，却是要借他一点豪气，振奋一点精神，人若明于生死去就，俗世的"子女玉帛"之想，或者便不会那样太沉重了。

2012年

秋声

季节有景，无人不知；季节又有声，唯诗人得之。

欧阳修是一位大诗人，秋夜里，他的耳朵清晰地听到了秋天的来临，听到了秋的声音。和他同在现场的，还有一位书童，这位年轻的朋友，自始至终，懵然无觉。

这样的声音，他怎么会听不到呢？

初淅沥以萧飒，忽奔腾而砰湃；如波涛夜惊，风雨骤至。其触于物也，鏦鏦铮铮，金铁皆鸣；又如赴敌之兵，衔枚疾走，不闻号令，但闻人马之行声。

吩咐他出去看看，竟然也是说：

——四无人声。

这真是"异哉"了！

天才总是自信而执着的，他决定自己出去看一看，果然也是——星月皎洁，明河在天，四无人声，声在树间。

那么，刚才听到的一切，都是幻听？

不对了，怎么耳边又响起了那一派淅沥、砰湃、铮铮铮铮以及人马之行声，这声音引导他，催促他，穿过树丛，穿过黑影，一探究竟。

这"一探究竟"回来，看到书童"垂头而睡"的憨态，不禁洒然自笑，寻思片刻，解心之谬，提笔而书，这就有了一篇千古传诵的《秋声赋》。

《秋声赋》很快传开了，一时真是"洛阳纸贵"，世上到处都有人争说"秋声"。过了好些年，欧阳修死了，那个书童渐渐也变老了，可他还常常被人问道："你是确实没有听到那个'秋声'吗？怎么欧阳先生听得到，你就听不到呢？"

书童总是憨憨地摇头说："我确实没有听到啊。"

不过，有个念头时而也会冒上他的脑际："我为什么不再听听呢？没准儿我也能听到。"

这时，当年欧阳修夜读和听秋声的地方，已经被当地官府保护起来，作为旅游景点对外开放。有许多人从四面八方跑来，都想在这里听听那一派淅沥、砰湃、铮铮铮铮以及人马之行声，那令人神往之至的"秋声"，但他们都失望地离开了，谁也听不到，无论让四周怎样安静下来，听不到，就是听不到。有人甚至恨恨地说："六一居士完全是忽悠人的，世界上根本就不可能有什么'秋声'。"

书童凭借他在《秋声赋》里出现过的身份，要求旧居的现今管理者，给他一个特别的机会，在同样的秋夜，同一个时辰，让他独自坐在原先欧阳修先生坐过的地方，静心地聆听，听啊听啊，终于，他听到了那一派淅沥、砰湃、铮铮铮铮以及人马之行声，那令人神往的"秋声"。

他非常兴奋，一跃而起，也和老主人一样，出门要"一探究竟"。

而这"一探究竟"而去，竟至就再没有归来，是夜黑失足，还是落湖，坠崖？

谁也没法知道。

后来，人们就认为"秋声"毕竟不祥，也不再争着去听什么"秋声"了，渐渐地，那个"景点"也就荒败，遇上拆迁，再也找不到了。

2015年

辑三

我心中的地坛大祭

　　新搬了家，住在地坛附近。已故作家史铁生原来也住地坛附近，一连十五年，几乎每天从早到晚都去那里待着，一是无他处可去，二是周遭清寂幽雅，更适于读书和冥思。他后来写过一篇《我与地坛》，很有名，身后有人建议在地坛为他雕像作为纪念，这是我来到地坛时不会不想到的。

　　除此之外，便是地坛本身了。

　　现今的地坛，和史铁生"常驻"的年代很不一样了。那时相当清幽，外带着一些衰飒荒败，不但能看到古殿檐头的剥蚀，门壁朱红的淡褪，还有"到处的野草荒藤也都茂盛得自在坦荡"。有数的几个常客身影，会深深镂刻在一个孤独者心中。而今，牌坊、殿堂、道路井然有序，树木、花草也都被精心打理，像一个被母亲照拂得无微不至的女孩子。从天一大亮，持卡的银发族，外地的游客，就潮水般涌入，里面一圈一圈人，有合唱意气昂扬歌曲的，有搬演民族风情舞蹈的，有传习古老拳术的，还有踢毽子、耍健身球的，当然，也少不了孩子们的嬉笑、追逐、打闹——果然是名符其实的公园。

不过，一个地坛，也南北分野。南部有庄严的方泽坛和皇祇室，又有森森然的古木林立，相对沉静、肃穆一些，在那里，似乎更能亲近历史，更能感到有一个历史的地坛，还在天地间岿然存在。有时候，我就在那里绕圈散步，或者找个椅子坐下，闭目想象一会儿。

我们生存的这个地方，虽然为天体，却叫做"地球"。地，承载、养育人类，对于我们的重要性是不言而喻的。古人对于自然，对于天地，怀有深深的敬畏和崇拜，"履后土而戴皇天"，他们虔诚地对天地行祭，天与地，在他们心中都是至上的神灵。皇祇室里摆放的便是神灵的牌位，每到行祭之时，就恭迎出来接受皇上和臣民的祭拜。此刻，你无妨想象一下当时的情景吧：夏至时节，行祭时刻将临，皇上从斋宫里出来，无论他是英明天纵的，或是平庸无能的，乃至惫赖昏庸的，此时，他都完成了一次长达数天的斋戒。斋戒对他个人生活有诸多限定约束，他要一一遵守，否则，便是对于神灵的不诚、不敬。当我们考虑这一场大礼时，不能不想到这一项，它是一个十分重要的前奏。皇上步出宫门，文武百官自然已经在门外静候，从斋宫走向祭坛，当然无劳车马，参祭的人群徐徐而行，这个行程很短，却也很漫长，它应该是一次心灵的回归。大地，是人类的母亲，人在世俗生活中征逐、沉溺，愈久愈深，就离大地母亲愈远，这是重新拉近距离的时候，对许多人而言，要千回百折才走得回来。

　　皇上不用车马，神灵却不可轻慢，将神灵的牌位请到祭坛，神库里特别备有"凤亭"和"龙亭"，即是它们各位所乘的轿子。皇上及百官到场，神灵的牌位就位，祀典就开始了。这时，来自不远处的钟楼，极为宏壮的震人心魄的钟声敲响，它在天地间轰鸣、震荡、回旋，极力营造与神灵相遇的不同寻常的气氛。也有说这钟声应是来自天上，宣示神灵们正在施施然而来，准备歆享这一场盛宴。这里要说一说，接受祭祀的主角是地神，即"皇天后土"中的"后土"，"从祀"的还有"五岳五镇、皇帝陵寝所在的五陵山和四海、四渎"。古人的视野并不狭窄，他们了解养育我们的不只是脚下的大地，也包括所有的山河，另外，特别提出"皇帝陵寝所在的五陵山"，这意味着大地山河不单是施恩于人们生前，还惠及人们身后，这种感恩和祈福一定是全时空的。

　　主祭者大声宣告祭礼程序：奠玉帛、进俎、初献、读祝、亚献、终献、受福胙、彻馔、送神、望瘗、礼成——这些内容或与远古有些变易，但基本上一如传统。此时主祭者实际就是传统的代言人，或传统的化身。值得注意的是，皇上虽居"九五之尊"，在此却要对神灵称臣，行跪拜之礼，而且，不是一次，须多次跪拜，以至长达两三个小时，几乎到体能不胜的地步——这也是对皇上心意虔诚的检验。其次，按照我们中国人表达敬意和感恩的方式，一定要让神灵们"吃"好，既有早已宰杀的三牲，美味的肉食，也有各种洁净的谷物，亦即今人所说的主食，更有醇香的美酒，进献之后，它们会被置于地上，或挖坑瘗埋，意即到达神灵的口腹之中。伴随这一切，也还有不同乐章的音乐和展现文功武德的舞蹈，气氛绝不沉闷，尘世中盛宴的享受，一样也不少。当然，这一切只有一种象征意义，这些仪式看上去也颇为刻板、烦琐，而在当时行祭者那里，却是一丝不苟地一一进行着。参与者的神情敬谨安详，他们无不以为"悠悠万事，唯此为大"，深信唯有如此方能令神灵满意，达致天人之间的一种和谐，才能时和岁丰，国利民福。这里面，你不难感受到其中也隐隐潜动着一股神秘幽悸的激情。

今天活着的人，没有谁曾经亲历过昔日这些祭拜天地的仪式，谁也无从实地体验到这些仪式中参与者真实的心情。在今人和昔日的人们之间，有着无可逾越的鸿沟，因而，今人每每于春节庙会时"复制"一番"祭地仪式"，充其量也只能是一场娱乐。虽然住得近，我却从未去观看这个"山寨版"的"秀"，只是在某一次打开视频时，稍稍看过几眼。我当然知道，这里不含有任何主敬存诚的意义，它与古人的精神，与这种仪式的本质南辕北辙，这在一个无神论主导的地方，本是无可厚非。不过，我也想到，如果说这种戏剧化的表演也算是一种艺术的话，为什么不可以再上演另外一种艺术？

不妨设想一个新的"祭地"仪式。

首先，要请出一大群慈眉善目、身体康健的老大娘，年纪都八九十，甚至过百，让她们高高居上，权且代表我们心目中的"地母"，她们会很自然地令我们想起母恩的丰亨豫大，每一位前来行礼的人，都要怀有对大地母亲深深的感恩之情。在她们的两旁，昔日安放陪祭神位的地方，一样还要保存山形和水形的纹石雕座，如果有可能，请制作大型的画幅或者 LED，展现国土上主要的水系和山脉，那些历史上已经变迁和消失的，可以虚化，而近来日益加剧的断流的江河、沙化的草原和毁坏的山林、土地，请务必用浓笔标示。行礼的人们排成队列，缓缓走近，让钟声和鼓声更宏壮地响起，尤其是鼓声，要像惊雷一般排空滚过，撼人心魄，人们从中或能听出大自然的不悦和震怒，不由得不反省和警醒：在污染和毁坏环境方面，自己是否有什么过失，愧对我们的大地母亲？宋朝的朱熹老夫子说过："小心畏谨便是敬"，我们或平时对于大地母亲，对于大自然太无敬畏感，这里一定要营造出足够的氛围，让人们再也不敢狂悖放肆，知道"获罪于天，无所祷也"，违背自然规律，破坏自然环境是一定要遭受惩罚的。走上这象征大地的方形祭坛，人们一定要恭恭敬敬地鞠躬行礼，这一弯腰，是谦卑，是感恩，也是承诺——是的，我们再也不能让现今令人触目惊心的破坏环境情况延续下去了。如果有可能，请那些水土污染严重地方的地方官们走上前来，该行跪拜的要行跪拜，并且认真地祭告当地将采取何种治污、环保的措施，每一位告诉完毕，都擂鼓三通，让世人和世界记住，绝不允许言而无信。

大地母亲是悲悯宽广的，我们祈求她饶恕，祈求她继续施恩，我们不再像昔日一样向她奉献玉帛，也不用宰杀牲畜，但请一定要准备鲜花和果品，也有往日的"粢盛"，即五谷杂粮。当然，"地母"是无从享用的，却是代表我们的心意，不过，所有这些都要求无污染、无公害，要绝对洁净，这里不能有半点马虎和欺骗。虽然我们自己的食品达不到这个标准，也算是一种愿景吧。我们要以此表示深深的歉意和补偿，祈求大地母亲不咎既往，给我们赐福。

最后，当然还要有音乐、舞蹈的献演（如果准备更充分，也或可上演一场音诗画舞的大型节目），无论是声乐还是器乐，一定是最美的天籁之音，能把人带回到一个蓝天白云、山清水秀、百鸟争鸣、万木竞荣的环境中，深深地感受大自然之美，感受天人和谐境界的吸引，让每个人的心灵都受到圣洁的洗礼，都领受到大地母亲的神谕，发愿要保护我们共同的家园，保护我们赖以生存的地球。

倘真有这样一个大祭，我要说，朋友，盍兴乎来！

2013年

"粉韩"的地方

韩愈死后二百多年，潮州人重修韩文公庙，请苏轼先生作碑文，苏先生起笔两句："匹夫而为百世师，一言而为天下法"，以之为韩愈定位，真可谓震古烁今。

眼前的这条大江，浑浑灏灏，从太古流来，至此遂称"韩江"；背后这座山岗，屹立于天地，也改叫了"韩山"，这些大概都与东坡先生的高看与力挺有关。历史的风风雨雨中，韩文公的祠庙一次次重修，今人也有许多品题，刻勒于碑石，陈列于长廊，向这位先贤致敬。赵朴初居士的诗说："不虚南谪八千里，赢得江山都姓韩"，似乎大家都有如此一点会意，韩愈南谪一趟的"性价比"实在太高了。

这位当时中国的意见领袖自己也绝不曾料到，他忠心耿耿，上表谏迎佛骨，惹得皇帝老爷勃然大怒，将他投入死牢，幸得友人替他叩头说好话，饶了一死，又发配至"八千里"外的潮州当地方官。

一路走来好辛苦，望断了"云横秦岭"，又受阻于"雪拥蓝关"，他不由不悲观地想到，自己不是老死在这个偏僻蛮荒的异乡，也必定疫毙于这个瘴氛毒雾的地方。他给晚辈打的招呼是："知汝远来应有意，好收吾骨瘴江边。"

韩愈此来潮州，从放下行包到收拾行包再出发，不过八个月，如此短的时间，要推行什么新政，创建什么政绩，实在是很难的。后人说他致力"兴学"，以他做"国子博士"老本行而言，推动一下当地的教育工作，是顺理成章的，而"释奴"，即解放一批奴隶，则是下一任当袁州刺史时候的事。真正"彪炳史册"的一件事，恐怕就是"驱鳄"了。说来这"驱鳄"简直带有"游戏"的性质——上任后他探问民情，了解老百姓深为鳄鱼食畜所苦，便择日率众官来到恶溪畔，面对一大群围观的老百姓，命属下将一猪一羊投入水中，宣读了一纸给鳄鱼的"哀的美敦书"，要鳄鱼三天内乖乖滚蛋，如果不然，就"尽杀乃止"。后面的情形，就是一个典型的传说了：当真那天晚上，"暴风震电起溪中，数日水尽涸"，鳄鱼举族大逃亡矣。

实在说，退之先生此时很不安心，他给皇上写信，抱怨这里"毒雾瘴氛，日夕发作"，声称"所处远恶，忧惶惭悸，死亡无日"，恳求皇上"哀而怜之"，让他归队，干老本行，"奏薄伎于从官之内、隶御之间"。果不其然，皇上也动了恻隐之心，同意让他先挪挪地方，去当袁州刺史。

到任潮州后八个月，韩愈走了，正所谓"我挥一挥衣袖，不带走一片云彩"，当时也应该会有人打打"万民伞"，表示一下挽留之意,而 "拦轿"之类的举动,却未必对这位蒙恩准迁的刺史心思,揣想起来,动静不会太大。令韩愈和当时当地官民所未料及的是,确有一点什么东西留在了那里,且继续发酵。

我总觉得,在中国,文人或思想者的作用真不可低估。历史上的一些文人包括苏轼借韩愈算是完成了一项盛举,这就是向世人证明 "道"在天地之间的伟大和辉煌。纵然韩愈在此为官仅仅八个月,并不妨碍人们永远纪念他,"庙食百世",甚至连江山都改从其姓,享受历史上帝王都难有的殊荣。因为什么?就因为他 "道济天下之溺","功不在禹下"。他所传承和弘扬的 "道"究竟如何,时代丕变,这里我们不去论说了,但在苏轼这些人看来,这个 "道","参天地之化,关盛衰之运",乃思想和灵魂的东西,关乎一个民族,一个国家的兴亡,是不可不特别予以重视的。

韩愈以及苏轼生活的年代,潮州在中国的版图上委实比较偏远,历来又多有偏见,将其看成 "蛮夷之地",然而,愈是这样的 "蛮夷之地",如此大张旗鼓地 "粉韩",愈有非同一般的意义。这非但如苏轼所言,表明 "公(韩愈)之神在天下者,如水之在地中,无所往而不在也",而且,就像一个耀眼的符号,佩戴上了这地方的胸襟,标志着天下之大 "道"的一次胜利进军。

这当中,也迅速提升了这个地方,改善了这个地方,一代一代重修、刷新的,不只是韩愈的祠庙,也还有学堂。而这正是今人所谓的 "孵化器",传统文化赖此繁衍与绵延,这就使得这一片山水之间,蕴藉着一种特殊的气息,水波、石碣、林木、亭榭,无不为之熏染。杨万里有感于此，赋诗《韩木》云："笑为先生一问天，身前身后两般看。亭前树子关何事，亦得天公赐姓韩？"答案应该就在这里。

也就是这个缘故，人们不敢再视这个"粉韩"的地方为"蛮夷之地"。天下之大，韩愈行踪之广，何以独有潮州人如此"信之深，思之至"，为一个仅仅在任八个月的韩刺史修庙？地下清泉滂沛，"无往而不在"，又何以让潮州人独"凿井"而得之？即使是少数官员、文人、精英分子所为，他们的能量，他们的"孵化"作用，又岂可小觑！像韩愈一样，"起布衣，谈笑而麾之，天下靡然从公，复归于正"，这该是怎样的一种辉煌，又该是一种怎样值得追求的期待！这一点，当我们行走在隔江的"牌坊街""甲第巷"时，感觉尤为强烈。我们所看到的，不在于这里出过多少进士、状元、柱史、文宗，而在于从重重叠叠、形制尊显的牌坊、屋宇间透现着一种深厚的文化自豪感、自信感，正是这种文化自豪感、自信感，日积月累，将这个地方垫高到"海滨邹鲁"的地位。

韩愈远矣，韩愈传扬的"道"也与现今这个世界不甚合拍，但是，崇学，尚文，追求"参天地之化，关盛衰之运"的真理，这些还要浩然而长存。世风流转，保持这个"海滨邹鲁"的地位，抑或其他文化重镇的地位，都殊为不易，"韩山""韩江"以及其他等等，曾是历史上的美谈，但愿一切美谈都能不断如春花般绽放新意，而不只是缩为旅游指南上一个遣兴的"卖点"。

2014年

峨眉闲笔

盘旋而上的观光车抵达缆车站时，太阳也追踪似的快要君临头顶，将山峰、林木展现在一片碧清的明光之中。

人总是如此，得享便利时，又不免怀想不便利时曾有的别一种好处。姑不说悠悠往古，即在徐霞客的时代，游人徒步入山，欲登达山顶，不知要耗多少时间与脚力，历多少沟涧与巉岩，然而，也正因此，会饱览不知多少美景与奇观，或可成就一部使人流连不已的游记大书。而如今，观光车和缆车，将游人运载上山，可谓轻松之至，而我们的游历，也已缩略为一张一目了然的导游图。

总算缆车停处，离金顶还有一段石阶路要走，这就犹如一碗方便面，将顷刻吞食的面条送达舌尖，尚需食客自用筷子一挑，实在省无可省了。这段路对于年轻人不具任何挑战性，而于我辈，则须不时自励发力了。途中也曾几度闻道："滑竿儿，滑竿儿！"便知是挑滑竿者抬人上来，当即避让。一次，见一位胖大和尚端坐其上，大家遂一阵笑谈，有说这是"处级和尚"的，亦有说是"副厅级和尚"的，总而言之，绝非"化外之人"也。

同旅行团的一位女子，倒深具佛心，见我手携两包，便上前来要替我拿一个，这种好意是难以辞却的，行进中自然要搭搭话。在本旅行团中，这女子是所有人都会注目的——她有一被烧伤的脸盘，幸好还不太严重，姣好的轮廓宛在，双眸依然清亮，犹能使人想见她先前的秀丽。她告诉我，她家在温州做生意，某日仓库起火，烈焰熊熊，致其烧伤，她悲哀欲绝，闭门不出五六年，家人、亲友皆极力劝慰，鼓励，方有此次四川之行，敢于行走千里，坦然面对人群。她刚刚游九寨沟过来，知道峨眉是普贤菩萨的道场，要为家人、亲友和自己进香行愿，实在是家人和亲友对她太好了。

不觉间，我们已登上金顶，果见湛蓝晴空下，炳炳麟麟的十方普贤，端坐置于象背的莲台。这位"行愿无穷，分身尘刹"的"诸佛之长子"，手拈如意，有一种令人安宁、愉悦的慈悲相。或是鎏金过于簇新的缘故，辉映着不远处的熠熠金顶，将这一方峰顶之域，渲染得几近神话世界。远处雪峰皑皑，云海茫茫，离红尘闹处真是很远了。佛光、圣灯此时是看不到的，然确乎是有，亦有大幅照片矗立着，倘若冥思一刻，也无异于即在眼前。舍身崖前去探了探，下临绝壁千仞，深不见底，舍身一举，自然是要喂兽、喂魔了，诚令人不寒而栗，人们自然还是转身向佛，祈求平安多福。此时亦看见那位不幸女子，正低头合掌向普贤菩萨像行愿。

按导游的路线图，下一站便是万年寺。这也不只是我们已做的

"功课"，预知它是峨眉的重要景点，就在前一天游览乐山大佛的途中，导游已经反复广而告之了。他且一再殷殷关照各位游客，不必在乐山的菩萨跟前烧香，或请求那里的和尚开光，乐山的弥勒佛甚至自己都没有开过光，真正的高僧乃在万年寺，彼处正有一场盛大的法事等待各位。为了弭除对他的动机的怀疑，他甚至主动坦言他会因此得到的好处，不过是每年有机会到其他名寺去进修博大精深的佛门文化，委实是非常脱俗的奖赏。大家点头感动之余，倒也未寻究，何以进入峨眉导游换人之后，奖赏的规则还会延续，这大约就是一种为我辈钝根所不能悟的精深文化了。总而言之，来到万年寺山门前，现任导游过来郑重宣布，此寺进香是不可以用别处买的香的，顿时就有几位在山下买了香的客人嗒然若丧，很容易让人想起犹如进餐馆不可自带酒水，但到了这里，"消协"鞭长莫及，既然是为请愿而来，就当然要痛痛快快掏腰包。

如此这般当然都是俗虑，其实，瞻望这座佛教名刹的风貌才是重中之重。仅门前的两株苍苍然的古木，就很令人兴怀古之思。原来我以为就是盛传的桢楠王，后来才知道非也，桢楠王驻跸在此寺与清音阁之间，可惜终究未看到。此寺最值得一看的，当然是那座穹窿顶的无梁砖殿，一座纯印度风格的建筑飒然飞临，别有异趣。居然经历多少次大地震，而岿然无损，不愧是当年建筑师的一块丰碑。温州那位女子又过来说，她已烧过香了，只是身带的一块玉，原在九寨沟途中请当地高僧开过光，却无意间碰了一个小裂缝，此间的法师说，还可再由"贫僧"开光，尚未拿定主意。我立即说，还是请他开吧。说后倒也并不觉得是反正不花自己的钱，不负责任。对于一个尚在不幸的梦魇之中的人，所有可以为其带来好运的期愿，怎能不予以鼓励呢。当年重金修寺的明朝皇帝，正是因其母许愿、遂愿而还愿，至今感召无数信众心悦诚服。我想这纯粹是一个心灵的问题，与口舌间的是非不相干。导游也曾过来问我为什么不烧香，本来想说我是一个无神论者，却又改口，说我是回民。这一点也不假。

出寺下山，据说还有许多可观的风物，如李白先生就在此听过琴。不但听琴处值得盘桓一番，运气好的话，或能遭遇几只鲜碧灵慧的"弹琴蛙"亦未可知。不过，导游力邀大家到他乡亲所开的茶棚喝茶，借此感受山民的淳朴与好客，看来也不失为一个好的节目。一盅"青山绿水"饮罢，自然是推销，开价350元一斤，还价180元，导游过来说看他的面子，OK了。打理完毕，已是"不觉碧山暮，秋云暗几重"，前面的猴区去不了，据说猴子们俱已下班回家，虽说有不信此说者，亦无人敢于冒险前驱，相率打道回府矣。回到车上，大家一碰面，买同一种"青山绿水"，竟有花280元一斤的，于是质问导游，导游支吾其词，未几，不见踪影。当下，本人窃喜，自谓老到兼精明，待回来后上秤一称，一斤原只有六两。检视一路经过，并无唐突佛门之处，抑或因未曾上香之过欤？

2009年

金顶恒久远

峨眉有金顶，武当也有金顶。峨眉是佛门的道场，武当则是道家的福地。武当金顶与峨眉金顶不同者还有，前者下临紫禁城，后者没有，且武当的紫禁城，与北京的紫禁城，遥相呼应。金顶是人间的仙境，是皇权的梦。

而我在初识武当时，在见到李道士之前，对此还懵然不觉。

那一天，我辞别了紫霄宫，大步向紫禁城走去。时当午后，崎岖的山路上寂无一人——有过"攻略"的读者看到这里，一定会说：且慢，从紫霄宫到紫禁城，是一条什么路线啊？况且，哪会路上没人？

当然是久远以前，山门未修，汽车不通的时候，一切都还葆有相当自然、蒙昧的状态，除却偶尔一见的香客，荷锄采药的山民，伴随我的便只有林梢的风，流云的影。已经顾不上寻访沿途其他的名胜，无论是荟萃神药仙丹的黄龙洞，还是借干开花，珍奇无比的榔梅树，我的目光只能掠过榛榛莽莽的林木，与半隐半现的巉岩，向它们表达一种惋惜与无奈。我的目的地在金顶之下的紫禁城，天黑以前，必须到达。一级级盘旋而上的石阶，与其说是设计者提供的方便，毋宁说是对所有金顶朝拜者诚心的考验，在通过一道天门，气喘不止，提起双腿再迈向又一道天门时，我深信得道成仙绝非易事。

幸而没有遇上剪径的刀客，也未跳出呼啸的大虫，当然，也无幸蒙仙人援引，侠士带路，而渐渐黯淡的日光，已使得两旁枝柯横斜的林木，面目愈益幽晦。"却顾所来径，苍苍横翠微。"这一切，催促我加快脚步，终于，由朱红色围墙环绕的紫禁城在望了，它披着夕照的华彩，在力竭精疲的行者眼中，真恍如天上宫阙呢。

在一番寻觅之后，我终于见到了紫禁城的管理人，向他递交了县文管所的介绍信，表明在这里借宿的请求。他姓李，其实也是一位道士，和他一起在此的，还有一个年轻人，这天下山办事去了。李道士（或应称道长？）已经年过半百，面容清癯，透出一种长期缺乏营养的苍白，而步履尚轻捷，他很快打开一间客房，将我安顿下来。

这天晚上，我足足领略了一番武当月色。那是在李道士招待我吃饭，饭余又聊了一会儿之后。聊天的主要内容是有关武当山的种种神奇传说，那些仙家秘谭，我一时还来不及消化，一推开门，就被眼前的景象如磁石般吸住了：一轮皓月当空，无边银辉泻地，宫墙、殿堂、长廊、窗棂都似乎浸在透明的月光中，形貌、线条异常清晰，有的还熠熠闪亮，展目远眺，层层山峰竟如水洗过一般；又仿佛施施然盛装而来，你能看见它们裙裾飘逸，襞褶毕现，那些流水冲刷出来的沟壑，那些绝壁凌空生长的树木，有如工笔画一般精妙。这是武当轻易不向凡人展示的图景，不知枕山栖谷的仙人们是不是正在啧啧称赏，天地间听不到一丝声息，只有月光独自奏着一曲无声的音乐，清丽而悠远，适足使人有飘飘然飞举之心。

　　大约是这一番激赏令我特别兴奋的缘故，这一夜竟睡得很好，醒来时已看到微明的曙色。我立即动身，按李道士昨晚跟我说的，沿石梯上行，想赶上一见金顶日出。不过，天气竟"变脸"如此，晨雾蒙蒙，大块的云朵正在天空飞动，仿佛也要赶在日出之前，完成其布阵，顷刻间，竟令天光暗下来，予人以霭霭阴沉之感，四周全没有昨夜的澄净空明，那一切已成幻境。

　　然而，不管如何，我还是登上了金顶。目光所落处，首先是金殿。昨晚，李道士曾谈起，武当山很像一个人形，所谓"太子坡为股，平台为趾，紫霄为腹，天柱为颅"。此刻，我便是来到了它的头颅上，而这金殿，就是它头颅上的冠冕。高昂的头颅象征威权，冠冕又怎能不华贵？这肯定是一件稀世之宝，偌大的一个殿堂，全用精铜铸成，拼接严丝合缝，浑然天成，不可想象的是，它是怎样由京城关山遥迢"驾临"至此，西湖畔有"飞来峰"，莫非这也是"飞来殿"？明朝那位叫朱棣的皇帝，未必一觉醒来生出这个主意，一定是方士游说，使得他龙心大悦——他让天柱峰戴上这冠冕，俨然就是他高踞群峰之上，接受万方朝贺。

　　然而，不管怎么说吧，此时，我能在云雾缭绕间看到的，正是群峰遥拜的景象。我当然无法指出它们谁是狮子峰、紫盖峰、皇崖峰、落帽峰、大笔峰、小笔峰、大莲峰、小莲峰……它们或如掌托天，或似剑插云，或若齿森列，或若笔卓立，姿态横生，仿佛这里是一场山峰的博览会。云雾在其间回旋，天光在其间游移，它们时而隐身，时而露面，如翔汪洋，如逐逝波……蓦地，煌煌的太阳终于拨开云幛，从东方跃起了。霎时间，天地间像是涌动着欢呼的声息，紫金色的光芒映射着山峰和云朵，浩浩山风加快了涤荡和拂拭。群峰的身后，蓝天如新。此时，再瞩望七十二峰，就像更换了衣冠，重列了朝班，都似向着天柱峰作揖如仪。

　　这里或不免有许多主观想象的成分，甚至前人的文字渲染，也会左右观感，然而，你不能不佩服那些古代设计者、包装者的视野、见地和想象力。不是曾经有人惊异，古代并无航空遥测，何以他们竟能远眺大巴山，从千峰万壑之中，抉出"龟蛇"二形，又总揽武当全局，体认"山是一尊神，神是一座山"，从而擘画了武当千秋建设的大计，赋予金顶以至尊的地位。不过，可以肯定的是，他们如同神农尝遍百草一样，也跋涉过万水千山，多方比较，反复盱衡，而后一朝得之——它是大自然与人的主观的高度契合。

　　这里供奉的是真武大帝。据说，南方火盛，"非玄武不足以当之"，自他阁下在此升殿以来，香火不绝。金殿严严实实，无论如何风急雨骤，一炷青烟，可确保不灭，即便电燹雷击，也奈何它不得，只徒然爆出一道道惊心动魄的火光，至多，在它鎏金的表面上留下些微淡痕，而后一切归于止息。任日月逾迈，真武大帝自安享这里"模拟朝廷"的威权与秩序。那帝座前分列的金童玉女、水火二将，分明时时刻刻在关注四周任何异动，克尽他们忠心维护这个世界的职守。

　　我久久伫立在金殿之前，向这个传世久远的威权象征致意，思绪一时竟迷茫如云。

2009年

朝拜微笑
——吴哥辞

　　曾有一位法国探险家说："走出吴哥，如堕蛮荒"，以极言吴哥文明的辉煌，以及予人之震撼，似乎也可以说，"走出巴戎，如堕蛮荒"。前后意思略有不同，我们在吴哥窟是目眩于建筑的宏壮，而在巴戎寺则是神迷于笑容的绚丽。外间并非无笑容，甚至可以说，在这个古老而历经灾祸的国家，在仍为贫穷阴霾所掩的人们脸上，能见到更多的笑容。然而，我们还是要区分天上地下，在巴戎，在一个为微笑所再造的世界，我们所感到的真是"天上宫阙"，瞬时间，已不知"今夕是何年"！

　　真不晓得国王阇跋摩七世如何得此灵感，虽然教义中一定早有诸多有关微笑的宣讲与阐释，但是，有一天，他郑重地提出这一项设计时，肯定是"佛至心灵"的结果。也或者，他的身边云集着一批天才的设计师，他们呈报各种方案，唯此获得他的首肯，他的脸上露出了赞许的微笑，所有的臣工都看见了，都以发自内心的微笑回应他的微笑，当别的宏伟工程皆以誓师的震天口号开始时，这一壮丽的工程却别具一格地以微笑来奠基。

　　有人说，塔上所有微笑着的佛像，都是国王面影的复制，设计者以这种"我中有个你，你中有个我"的合而为一方式阿谀他们的王。其实，也存在另一种解释：这个设计既含有由衷的礼赞，也透示出所有人的信仰与愿景。在古高棉国的王们治理下，这一方天地政通人和，物阜民康，靠的不是怒气和暴力的震慑，而是微笑的感召和沟通。那一年，元朝的使者周达观千里迢迢来到此地，原本欲宣扬国威，令蛮夷之邦向北地的天朝纳贡，却被眼前的景象惊呆了，他几乎忘却使命，乐不思蜀，一度竟想滞留不归，便是中了此间上上下下的微笑之"蛊"哩。

　　一国的统治者若是如此推崇微笑，即便他的目的是要长治久安，对他的人民也绝坏不到哪里去的。我相信这里不会有"时日曷丧，予及汝偕亡"的诅咒，也更不会有"哭倒长城"的宣泄，但看这一尊尊四面佛像吧，他们虽有共相，同是微笑，笑意却一一微异，这要创作者（设计者、雕塑者、施工者）多么精心去揣摩。他们必定朝夕之间从各个角度观察他们的偶像，将他分分秒秒的笑容收藏进心里，我甚至想，没准儿个别胆大者，还偶尔会要求王者做出一个"pose"。

　　当然，也不必过分美化当时人们的生活，征战杀伐就记载在底层回廊的石刻中——占婆人的洗劫，湄公河的水患，都会是人们心中的痛。然而，有位哲人说得好，人类天然地有一种特权，即是能将苦难予以升华。置身于这近五十座四面佛像的塔群中，如此密集地，所见无非最纯净无染的微笑，谁能不尘心顿弃，宠辱皆忘？佛经上说："尔时世尊如是笑，作如是因缘，本行所造，愍彼众生故，便现如是笑。"在世尊，或是悲悯；在世人，则是关爱。这就是被微笑的幸福。

这很像是当年被狠批过的"爱的宗教"或"爱的呓语"，然而，须知人们许多时候是得不到这种关爱和幸福的，历史与现实的例子太多，不提也罢。忘却永远是神性的。难得这位国王想到，要在天地之间，以如此前无古人的大手笔，打一个大大的惊叹号。国王无疑是一位做宇宙大文章的高手，知道在人与天（自然）、人与人之间的沟通中，何处才是最相契、最华丽的段落，在缓步观览这些本相庄严、宁静的佛像时，我们的确有一种高步云衢、静水流深的感觉，然而，正是在那邈邈然云衢、穆穆然流深之处，也能感知几百年前的作者们内心涌动、不能自已的情思。

像如此宏丽雄大的创作，确乎是不可能心如止水般进入和进行的。早就有人说了，这里，巴戎寺，还有别的大大小小的神庙，更无论是吴哥窟，都是"人用手塑造和雕刻出的一座座山峰"。峰峦重叠，拔地入云，至今无法想象如此巨量的石块是如何采运至此的，而后，还要一一按照总体设计，精细丈量、打理、雕刻与堆砌，遥想当时施工的现场，通常也都是默默地，听从自上而下、环环相扣的号令，一丝不苟地干活，有时候，也会龃龉了，发急了，争执了，然而，不会多久，一切又都会如絮云飘过。微笑的佛像尚未雕成，他们心中就有；微笑的佛像已经雕成，他们就会心无纤尘地回应那经典的微笑。

不妨再做一次想象的延伸。某一次，终于会有人，或是因为时日太长，或是因为强度太高，累倒了，不能再起来了。弥留之际，他将目光再次投向蓝天下熠熠闪光的金佛，投向一笑如初的各尊佛像，齿颊间渐渐绽开了如莲般的笑容，而他周遭的亲人与工友，也都随之微笑了。在宗教的境界里，他们知道，他已然被笑所接引。这原是人神交通的地方，站立于此，人就不再有沉痛的告别。

后来的事并不属于心灵。暹罗的军队来了，微笑者抵御不住，于是，只有弃城而逃，也会有不少微笑者死于入侵者的刀剑，来不及以微笑向塔上的群佛辞别，而群佛则依然矜持地微笑站立，入侵者对之束手无策——很显然，微笑是降伏不了的。虽说被微笑也是一种幸福，但他们愧不能当，于是也弃之而去，任由连同巴戎在内的大大小小神庙陷落于几百年弥天的林莽。据说，直到十九世纪中叶，法国生物学家穆奥才首次发现它们。这一点我始终不太相信，当地的居民肯定早就出入过此地，微笑是有磁力的，巴戎寺有一个强大的磁场，有着相同微笑的当地人，怎么不会被吸引而来？然而，他们只以微笑与群佛晤对，知悉微笑安然存在，无需乎再用任何语言告知世界，况且，试问笑又究竟如何能用语言翻译，不翻译又如何告知？这就是为什么发现者穆奥终究发现得有限，一个巨大的谜团位于绵绵无尽的时空中，深不可言。

穆奥的报告迟至他去世后方才发表，立即引起世界的震动，而后就有无数的人将目光投向这里。今天前来观光的人更是有如潮水，在这二百多座微笑的佛像之间逡巡一遭，全都受了一次微笑的洗礼。离开这里，人们再不说是来观光，而把此行的目的说成是——朝拜微笑。

2007年

入埃及记

历史上，"出埃及记"是一个关于救赎的充满悲情的故事，而今天，千千万万人，从世界各地，进入埃及，为的是向不朽致敬。这里有世界上最古老又极辉煌的不朽工程，它们历经数千年，打动无数人的，是那无比宏壮磅礴的关于不朽的梦想。

当我们来到卢克索，来到所谓"太阳神起驾之处"，行走在神庙巨大的廊柱、方尖碑和石像间，雄伟浩荡的尼罗河就在旁边流过，一轮骄阳，君临偏西的上空，不由得一种庄严而又苍凉的情怀沛然而生。

遥想当年，太阳神阿蒙的神像被从卡纳克运送至卢克索，一年一度，场面何等壮观！那些日子，尼罗河上空的红日，一定格外绚烂，下方正乘船巡行的金碧辉煌的阿蒙神像，是它降落凡间的化身，它乐于来到子民中间，接受朝拜、祭祀和欢呼。鲜花与香料，摆满它的周围，男女祭司和大批士兵、舞者，为它洁净道路，美艳绝伦

的王后率群妃含笑迎立。进入圣殿，则有英俊倜傥的法老王，那位
名扬万邦的拉美西斯二世，向他致以最虔诚的祝福，向他倾吐诚挚
的心语。在法老王的心中，他就是永恒的象征，升而复落，落而复
升，生生不息。拉美西斯二世最大的愿望，就是传承它不朽的品格
和机运，与天地共存。他甚至幻想是太阳神生了他，他是它嫡亲的
子嗣。我们不能不为这个时刻深深感动，惊叹宇宙、太阳和人类之
间，有着多么亲密的血缘关系。宇宙和太阳，不但给予人类生存最
重要的条件，而且还向人类昭示对于永恒的坚定信仰，从而照亮人
类心灵的蒙昧与黑暗。这宽阔的尼罗河两岸，旷野千里，果然是瞻
仰和礼赞太阳的上好地方。古代埃及人最直观地将人的降生与死亡，
比附日出与日落，从东岸的神圣之城，到西岸的死亡之域，生命，
有一条无比辉煌的、不断复活的金色轨迹。

　　在一座座巍巍然的拉美西斯二世石像前，我久久伫立。这位法
老王，无疑怀有最炽热的对于不朽的渴望，据说在埃及遗存的一半
以上的古建筑上，都刻有他的名字。他的名字周边，刻有椭圆形的
魔绳，用以防范妖邪之物的侵害。在有他的石像的地方，他的目光
永远安详地垂注；而在他的石像未到之处，他的名字代表他的生命
与关切。他深爱他的妻子娜弗塔丽，修建她的巨像与他并立，据说，
在她的陵寝中，所致的铭文极其简练，却堪称世上最美的情书："王
妃丰姿优雅，婉丽可爱，是上下埃及之后，你的一切吩咐都将照办，
一切美好的事物将如你所愿。""我对她的爱是独一无二的，当她轻
轻经过我身边时，就带走了我的心。"诚然，爱与生命相伴随，生命

不朽，爱亦不朽。这位法老王并不像是一个寡头独夫，未闻有多少活泼的生灵为他殉葬，他的理念，或许更倾向于希望所有人与他共同延续今生欢乐。他对于不朽的渴望，也正代表无数子民的愿望，否则，这片土地上遗存的如此伟大的奇迹，是不可能出现的。

然而，关河冷落，风烟萧索，昔日的辉煌，逐渐湮没于岁月的尘埃。今天，我们在神庙中同时看到的，还有满目的倾圮与荒败。廊柱断了，雕像残了，最极端的例子，莫过于那座修建在神殿之上的清真寺，不是修建者故意亵渎，他们实不知足下尼罗河冲积的泥沙里，竟深藏着先民的神殿。依然注视这一切的拉美西斯二世石像，倘若真是有灵，不知会有何感想！不过我想，"后之视今，亦犹今之视昔"，这位法老王当年一定也看到过同样的事例，更早的先民对于不朽的愿望，也曾经不堪岁月的侵蚀与摧折。不过，人类的这个愿望，是不可阻遏和熄灭的，俯仰之际，拉美西斯二世发起的震古烁今的"不朽"工程，是再一次伟大的进军。哦，还是且慢讪笑古埃及人对于"不朽"徒劳的执着，难道你没看见，眼前这些宏伟建筑的遗存，历经沧桑，岿然挺立，不是仍然体现一种生命的坚强力量？难道你不相信，拉美西斯二世以及许许多多古埃及人，都以他们特有的方式，仍然活在几千年后的我们中间？

据说，拉美西斯二世的墓室，后来被盗，他的"不朽"的躯体（木乃伊）也一时失去踪迹，这很像是一次悄然的放逐或游走，结果是又找回来了，如今安然地静卧在开罗的博物馆里，接受无数后人的瞻仰。古代埃及有一个人人皆知的神话，主神俄塞里斯被人谋害并分尸，妻子艾西斯找回尸体碎块，把它们拼在一起，紧紧缚住，豺头神阿努毕斯专司熏香防腐，太阳神派他来帮助艾西斯，于是，俄塞里斯得以复活，获得永生。悠悠几千年，毕竟太长了，许多古文明的遗存，经不住风吹雨打，纷纷剥落，或成碎片，今人也正效仿艾西斯，将散落于废墟的碎片，精心拼贴、维护，使之复活，助成一个个不朽的梦想成真。我知道，今天的世上，有许多文明传承的佳话在演绎，例如，在埃及的某一个地方，因为阿斯旺水坝水位上涨的原因，拉美西斯二世伉俪二人的雕像，被保护性地迁移。新居的山洞，虽然幽邃曲折，聪明的科学家撷取古代占星家的智慧，仍然能让他们定期沐浴太阳的金辉，一如几千年前在世的时光。

　　站在卢克索，极目远眺，我们暂时还看不到千里外的金字塔，那些已成为埃及标志的最伟大的古文明建筑，那些法老王们上达天庭的阶梯，在以后的行程中，我们将与之相遇。进入埃及，人的视域顿时宏远，人的胸襟也陡然恢廓，我再一次把目光投向从身边流过的尼罗河，随着它奔腾的波涛，思绪伸展更远更远……

2008年

伊豆之水

旅游热兴起之后，"地以文传"，愈来愈甚，造成许多旅游的热点。日本伊豆之于我们，当然是因为川端康成的名篇《伊豆的舞女》而知名，其实，对于日本自己的国人，还是因为它的温泉与景观，一直备受"宠幸"的。

我是前一晚宿于伊东，在宾馆泡了温泉，早上神清气爽，直奔火车站，经三岛转热海，还不到中午，就到了伊豆的修善寺站。在《伊豆的舞女》故事发生的年代，大约还不通火车，也不会有此站，否则，男主角川岛不会行走崎岖山路，邂逅和追随那位清纯的舞女阿薰，也不会有这个凄婉动人的故事在人间流传。

文学居然就有如此魔力，将一个似有还无的故事，做成了一顶曼妙的穹庐，无形中覆盖斯地，使人一见，就不由得想起《红楼梦》中的名句："幽微灵秀地，无可奈何天。"在前往汤岛的巴士上，眼望着公路两旁的水田、农舍，不远处郁郁葱葱的山林，就会觉得这里一定蕴涵着无穷的故事。无论川端康成年轻时在这里是否确有过一段"艳遇"，他住进"汤本馆"这个温泉旅馆，晨昏之际，踯躅于有"男桥"与"女桥"的"汤道"，也许只需深深吸一口气，那种清新、莹润的感觉就会流贯胸中，注入心灵，幻化出一位绛珠仙子般的清纯、痴情的女子，要在这云雾缭绕的尘世，了结她"还泪"的一段前世情缘了。

在汤本馆的壁上，我们能看到各种影片版本的舞女阿薰的玉照。阿薰不是生于富贵人家的千金，她是一个为生计所迫奔走卖艺的舞女，但是，"在山泉水清，出山泉水浊"，青年学子川岛遇见她时，正是她生命中的"在山"时期，她的美是一种"在山"泉水的美，深深吸引川岛，令他心驰神往的是这种美。《红楼梦》里贾宝玉说"女儿是水做的骨肉"，"我见了女儿便清爽"，说的就是这个意思。川岛的身上也有贾宝玉的魂。为此，我们不能不细细打量这里的水，在汤本馆，还能在山涧旁看到电影《伊豆的舞女》中的"私汤"，在那里，阿薰和女伴们曾洒然解衣，自在泡浴，用石头圈蓄起来的一池水，属于一股涌流不息的活水，清冽、温暖，适足以还她们一身清净，令她们无比快意。

伊豆天城山的山谷里水很多，它们或喷涌清泉，或汇成河流，或飞挂瀑布。沿着川岛追随阿薰走过的"踊子步道"，穿过天成山隧道，就能看到七条瀑布（河津"七泷"），我足力所限，未能远行，不得一识"七泷"的真面目，却也来到净莲瀑布之前，驻足良久。这是天成山最大的瀑布，也是著名的"踊子步道"的起始之处，如今开放做旅游景点，入口处端然安放着川岛与阿薰相依的雕塑，像是一本精彩图书的扉页。瀑布如一条垂直的悬河，飞流直下，下面是一条湍急的溪流，喷珠溅玉，从乱石中穿过。不知是不是上天有意的安排，关于这个瀑布，有一个颇含哲理的传说：此地曾有一个得道的蜘蛛精，一日，佛祖向它提问："世间什么才是最珍贵的？"它应道："最珍贵的，是'得不到的'和'已失去的'。"佛祖大不以为然，于是让它转世为女子——该女钟情于甲男，却得不到甲男的爱；而乙男痴情于她，她又不爱。正在她痛不欲生时，乙男来向她倾诉衷情，并要与她同生死，佛祖前来揭示："世间最珍贵的，并非'得不到的'和'已失去的'，而是当下能把握到的幸福。"当年轻的学子川岛对阿薰萌生了爱意，追随阿薰同行时，他本能地要把握人世最珍贵的，亦即彼时能把握到的幸福，一切社会的畛域与俗见顿时消泯，他的情感天地如一泓泉水般清澈，而阿薰，还是情窦初开，更如同晶莹的朝露，他们汇合一起，共同拥有一段短暂幸福的旅途。

　　天成山里除了水，还有许多幽邃的山谷和苍森的树林，都是最宜于隐藏不可知的险怪之地，伴随着"踊子步道"，伴随着这一对向往幸福的年轻人，是这个环境。惯于世途的人才知道，漫漫前程，会有荆棘，会有悬崖，也会有凶兽出没。川端康成在小说中只淡淡用了一笔："途中，各个村庄的入口处都竖着一块牌子——'乞丐、巡回艺人不得进村'"，就让人感到当时社会壁垒的峻严，足以拦住他们的脚步，而在影片中，则更是借妈妈之口挑明，这种跨越壁垒的恋爱，向来都不会有好的结果，尤其对于身份卑微又不谙世事的阿薰来说，更是一个情感的渊薮。妈妈作为长者，对阿薰的爱有她明智的方式，即不容分说"截断众流"。在这段旅途的终点，他们不是确定了双方情缘的归属，而是确定了自己"过客"的身份——"泥上偶然留指爪，鸿飞那复计东西"，当川岛所乘的轮船驶出港口，阿薰向他挥动的白纱巾已向他喻示，这一段恋情就如同汩汩流淌的清溪，消失于天成山的白云深处。

　　此番来到伊豆，看到伊豆的水还是那么清湛、丰沛，不由得想起川端康成对之一往情深，那是他曾抒写过的："这种女性般的温暖与丰足，正是伊豆的生命。"他在自己不长的生命旅程中，曾多次回到伊豆，在这里写作，在这里疗伤，如果他确是小说男主人公的原型，那么，他就是"出山"的泉水，千回万转，要重回山里，涤洗心灵的尘氛——他留下《伊豆的舞女》这篇传世作品，实在是一篇源自他心灵的伊豆的"水颂"。

2019 年

先贤祠外

　　巴黎有很多名人踪迹，其实，在我看来，如无特别的需要，与其追寻他们的踪迹，不如去看看他们的终点。所有的踪迹都通向终点，在终点更宜于作全视野的回望。

　　我有过两次巴黎之旅：前一次匆匆数日，游而无深度；后一次虽多几天，也难能有深度。国内旅游有所谓"上车睡觉，下车看庙"之说，巴黎洋"庙"甚多，除圣母院之属，我的兴趣不大，不如选择"坟头"作主题游。

　　首先要去的，当然是先贤祠，这里真可谓"群贤毕集"，伏尔泰、卢梭、雨果、左拉、大仲马、居里夫妇等等都在这里有一席之地，或许是领头的两位大思想家地位过于显赫之故，这里厅廊回环，堂庑宏大，令人顿有进入一个极庄严的会场之感——法兰西的先贤们至死也不忘讨论关于国族和人类命运的高大上话题，一个个其言如悬河泻水，永世不绝。能在这里占一席之地，门槛很高，比如世界特大型的文豪巴尔扎克就至今还被拒之门外。

对巴尔扎克先生受此冷遇，我和许多人一样，一向是颇有些不平的，尤其是走出先贤祠，来到荣军院，站在拿破仑十分阔气的墓前，便禁不住想，法国人对这个失败的皇帝既遇之如此之厚，而对志在成为"文学上的拿破仑"的巴尔扎克又待之如此之薄！

我很早就是一个"巴粉"，读初中的时候，就读过《驴皮记》《邦斯舅舅》《高老头》《欧也妮·葛朗台》，作品中的那些呼之欲出的人物：高老头、葛朗台、高布赛克、拉斯蒂涅、吕西安、贝姨、伏托冷之辈，对于我而言，用一个当年流行的词语说，都是"熟悉的陌生人"。闻得此公的《人间喜剧》圈有九十多部长篇小说，刻画周致的人物竟达二千四百多位，直教人叹为观止。又找来《巴尔扎克传》读过，方知他去世时仅五十一岁，以笔行世者有如此产能，不知有谁可比。虽说写得多或与债主在身后逼债不无关系，而若无一些如吾国太史公的"究天人之际，通古今之变，成一家之言"的宏图壮志与苦身疾作的投入，也是万万不能的——留给我印象最深的有，此公嗜饮咖啡，每作文必喝个不停，计喝了五万杯之多，端的是向胸腹中倒入了一条咖啡之河。

当然，我也获知他的一些糗事，一些为人所诟疵的毛病，如政治上的保守立场，贪慕虚荣，迷恋女色等，不过，在这样一个人类历史上罕见的文化昆仑的雄伟山体上，这些只是野茅碎石，实不值长久注目。抹黑他的人，有的也是信口雌黄，比如福楼拜就说他："首先，无知的像笨伯，乡气到了骨髓：看到奢华的场面，就目瞪口呆。文学上他最崇仰的，乃区区司各脱。归结起来说，他是个大大的好好先生，但是二流角色。"而恩格斯所见就与之有天壤之别："我从这里（《人间喜剧》），甚至在经济细节方面（如革命的动产和不动产的重新分配）所学到的东西，也要比上学时所有职业的历史学家、经济学家和统计学家那里学到的全部东西还要多。"就其作品描写的社会生活的广度和深度而言，他当之无愧是一位超古迈今的"太史公"，巴黎先贤祠自有其准入的条件，我们不去置评，而那些为法兰西作《春秋》的人实应该再听听伟大的作家雨果正直而睿智的声音："在最伟大的人物中间，巴尔扎克是第一等的一个；在最优秀的人物中间，巴尔扎克是最高的一个。"

我选定了一个日子，前去拜拜这位大文豪的"坟头"。他的"坟头"就在赫赫有名的拉雪兹神父公墓，这是一个真正的名人冥居荟集的"高档小区"，在这里入住的名人，粗粗拉一个单子，就有：莫里哀、拉·封丹、肖邦、王尔德、普鲁斯特、比才、圣西门、欧仁·鲍狄埃……公墓里有适宜散步的步道，如果你要向所遇见的久已仰慕的名人脱帽致敬，你会不停脱帽，敬礼不迭。

巴尔扎克墓离肖邦墓不远，我是在看到肖邦墓后才找到的，那时，肖邦墓前正围着一圈肃静的凭吊者，轻笼薄纱的少女雕像，恰似"一枝红艳露凝香"，充满浪漫气质，文弱优雅的"钢琴诗人"更受来自世界各地的人们照看，有他作为芳邻，巴尔扎克的冥居也似乎更添一派诗意。那里有他的半身雕像，依然是那样粗豪、壮硕、刚强，凝望他时，或者有过前面所说先贤祠一节，我总觉得他有一种"沉屈英雄"之感，其实，稍稍环顾一下，我们不难看到，即使在这里，他也不失为一位"乔岳矗天"的人物。

说到巴尔扎克的雕像，我们更容易想到罗丹所雕的那个，被在永恒的时空中凝住的那一瞬间，他身披睡袍，沉思良久，忽而，灵光乍现，即刻振笔疾书，真有"枢机方通，则物无隐貌"之概。不过，到了还里，他已无需乎焚膏继晷，星夜赶稿，也或会披着睡袍，在月光下沉吟，抑或会去与前辈作家莫里哀倾谈——莫里哀与他亦师亦友，也是他最好的"他山之石"，他最大的遗憾是不能在如切如磋之后，追回留在世间的原稿，再做一番修改与润饰。他也喜欢静静地倾听肖邦弹奏他的夜曲，高山流水，许为知音，任曼妙的曲声如流水般涤荡自己的心灵；抑或去找那个爱尔兰人王尔德去聊聊天，王尔德墓石上彩蝶般扑来的红颜唇印是他们永远打趣的话题，言语之间，也许还不无一点酸酸。至于，与拉·封丹、普鲁斯特，乃至在蒙帕拉斯公墓的莫泊桑、波特莱尔、萨特、波伏娃等等，他们还会有不定期的雅集。这种聚会，君子"和而不同"，连《国际歌》的作者欧仁·鲍狄埃和梯也尔也会应邀参加。先贤祠外这个世界的包容、广阔与丰富，恐怕连已从这里迁入"先贤祠"的左拉也心中暗羡吧。

离开时，我不禁再次回望，秋天的阳光正照耀着巴尔扎克的墓园和雕像，我知道，安息在这里的这位为人类夺得了"现实主义的最伟大的胜利"的文学巨人，他的丰碑并不只在墓园，而是在一代又一代读者的心中。

2021年

辑四

同学少年

每次乘火车往来沪杭线上，路过嘉善站，我的心都会不由得微微一动，其实自己与这个地方素无渊源，或就是这个缘故吧，也就特别地忆起老同学韩君，他就是来自此地。

每年金风送爽的季节，照例是各省区考来的学子云集之时，我们那个年级来自浙江的就有好几个，历来多出状元的文化大省，为校方垂青，也是无怪其然的。初见韩君，虽然自己也未见老成，却也是深觉其很少年的，看上去不过十五六岁（实际当然已过十八岁），个头不高，留分头，一双眼睛闪着明澈的光，说起话来还常有腼腆表情，现在想来，他的样子应称得上清约而俊秀，正是江南才子的坯模，那样的鱼米水乡的灵气，就是该陶冶出这种人物的。

韩君为人又很谦和，与同窗均甚相得，从无任何扞格。"大一"学现代文学，鲁迅作品是重头戏，有一回老师讲《药》，兴起之际，便点名要浙籍的学生朗读一节课文，须是普通话，却也带些乡音为上。这并不难，韩君平时所操便是这一种话音，稍快一点，你听来便可能茫然的。中选的他，起初还有点女孩子似的忸怩，而后便端起书，放出声来念，再往下，声调也顿挫抑扬了——

> ……花白胡子的人说，"打了这种东西，有什么可怜呢？"
> 康大叔显出看他不上的样子，冷笑着说，"你没有听清我的话；看他神气，是说阿义可怜哩！"

这"阿义可怜哩"一语，他有意拖长，上扬，竟引起课堂一片哄笑，这笑声可听出来是溢满了赞赏。从此之后，这句话就如同外号一般附着于他，大家一起玩笑时，每每模仿他说"阿义可怜哩"，不过，绝无人叫他"阿义"，"红眼睛阿义"的可鄙形象是无论如何也与他联系不上的。这种场合，他都和善地一笑，似乎还带有轻微的羞赧。

如此单纯的以"阿义可怜哩"著称的韩君，后来竟开始了他的"可怜"的人生历程，委实是我们无法想象的。

事情的起因大约要追溯到一起"失恋"。韩君虽然状如少年，时光也仍然会内在地变其为一位"吉士"，他暗恋上了同年级一位女生。倘若是在现今，打听到手机号码，发发短信婉露心曲，试一试水也罢了，而那时则只有写信。我确凿地未曾看到那封信，无法断定是不是一封文情并茂的情书，但以我对韩君的了解，绝不会有如林黛玉斥宝玉所谓的"混账话"。而那位女生竟然选择一个同窗们一起等候上课的时机，将信当众掷还给他，令他顿时狼狈不堪。自此，他的神情遂变得委顿起来，犹如一只畏怯的小兔，总避开人，下了课便匆匆去图书馆或自习室，连宿舍也很少待。

　　然而，我们的大学生活却高调地拒绝孤独，"四清"过去，"大批判"又来了，这都是大家必须终日厮守并"交流"的。这种时候，也还能看到韩君犹未失其率真一面——为一个什么问题，会和人断断争辩，连耳根也红起来，而后又似乎释然地一笑，或以为对方不可理喻而感到无奈吧。这其实也是当年我们多数人常有的神态，并不足为奇。现在想起来，或许正是这些场面，掩抑了他脆弱心灵所积的内伤，并遭致人们的疏忽。"横扫一切牛鬼蛇神"的风暴卷来之时，我因自顾不暇，"阿乂可怜哩"行状究竟如何，并不了然。然而，就在某一天，班上突然爆出一个消息，说是韩君贴出了一张大字报，声称要坚决挖出自己头脑中的一个"敌台"。他言之凿凿，说该"敌台"如何散布反革命言论，并控制和教唆他从事反革命活动，要求公安部门对之绝不手软。这个立场毫无疑义地非常"政治正确"，所幸已经很不正常的人们还未不正常到看不出这是"疯人"的思维，在他连续贴出第N次大字报后，便被送去精神病医院，稍住一段之后，又有人陪送他回原籍家中"休学"。此后，一直没有他的消息。

　　再见他时，已是几年之后。那时，我因被审查滞留在师大，一天，工宣队的Z师傅通知我，有一个老同学回校等候分配工作，要我搬过去和他一起住。这位老同学竟是韩君！相见之下，我们彼此都有些惊喜。同班同学都早已分配，高飞远走，我们就像掉队的大雁在此会合，可谓很有"历史意义"了。韩君显然已发福，想来为多用激素之故，他说这几年都在吃药、打针，并不避讳自己的病。而今病愈，家人又将他送回学校，看他全身新衣，连被褥也崭新，当可以想见家人对他康复的喜悦与期望。

虽然住在一室，我却另有"劳动任务"，只是晚上回来，能和他随便聊聊，彼此经历既不同，我的身份又特殊，往事和故人回忆渐尽，话题也就少起来。后来，就看见他常常坐在床边，五指交叉于长桌之上，若有所思，又冷冷自笑，我虽竭力寻找一些话头，也似乎激不起他的兴致，这种样子，让人就有了不祥的预感。

先是看见他的桌上铺开了稿纸，又摆起一堆书——他从老家来时随身携数个箱包，这些书或在其中吧，这就仿佛锢蔽的幽灵，如今放出来了。他不说话，久久地凝神，偶尔写一行字，偶然一瞥，见其题目竟是：论"清官"的反动本质。批判"清官"乃是很久以前的一幕，这场戏早已高潮迭起好几次了，怎么还纠结于此呢？我很想开口说几句，然而，一看他异常严肃乃至于痛苦的深思状，到嘴边的话又收回了。

我平时觉睡不好，常常早醒，与其辗转反侧，不如"闻鸡起舞"，于是，便悄悄走出门去，到操场晨练。

那一天，或是格外早，初冬的节气，夜尚未退，几颗寒星冷光如矢，旷野般的操场，有一种惨战后的死寂。我兀自在双杠上摆荡，脑中无所思，倏然间，一个人影蓦地落到我眼前，吓我一跳，定睛一看，原来是韩君！

他的脸略呈暗灰色，诡异地嘻嘻一笑，居然没头没脑地发问道："你是'小小老百姓'吗？"

"我，我不是……"我嗫嚅道。

按说我正是一个"小小老百姓"，但一来谁都知道此称呼原是出自一位当年的大人物之口，此人虽已倒台，我辈也犯不上袭用，何况乎我是否能定在"人民"之内，尚在审查中，又岂可僭称？

"那么，你能代表人民吗？"他更向我逼近了一步。

"当然不能。"

这一次回答就很理直气壮了。我刚想再补充几句，只见他两手抄在口袋里，掉头不顾，嘴里喃喃有词，一径向西阔步走去。

我犹豫着要不要向工宣队报告韩君近来的种种异常，但一来，他们并未下达过这类任务，只是说要我和他"住在一起"，这是很有政策考量的；二来，或者布置过竟是要韩君监视我，内外有别，如此汇报，岂不乱套了么？好在没过几天，工宣队师傅找我来了，说是要我再搬回原住处，韩君的病犯了，只得把他再送回家。他还问了一句，以前他是不是老说他脑子里有"敌台"？我说听说是的，师傅说，他又去公安局报案了。

后一句似是自言自语。

此后，便再无韩君的消息。

2010年

窝窝头和我的世界

1

忽然地，又想起吃窝窝头了。

附近超市的主食厨房就有窝窝头卖，纯玉米面捏就，留着浅浅而明显的手指印，美观是谈不上的，或许制作者以为这就是原生态，岂不闻越天然越好吗？北京的主食厨房里有一阵风行发面的玉米面窝窝头，咬上去软乎乎的，像一坨虚胖者的肉，这在我看来，是早已失去了吃窝窝头的旨趣。后来在"华堂"超市看到袋装的小窝窝头，像是追摹京城"仿膳"的珍品，尝了几回，又觉得过于宫廷化，全无民间的粗粝、素朴。我自己在家亲手和面试做过，可以说几近于成功，然终究费时，直到附近这家主食厨房"拨乱反正"，粗放固然粗放了些，而总可得其门而买，不亦宜乎。

这些年细米白面吃多了，人又不免思念和追逐起杂粮一类的

"绿色食品"，玉米面的窝窝头即是其一，我之对窝窝头情有独钟，或是与年少和年轻时的一段生活有关吧。

我自幼生活于南方城市，主食大米，面粉辅之，接触杂粮很少。然而，后来饥馑到来了，大米、白面日渐稀见，杂粮也即占了主场。给少年时代的我印象最深的是，有一次，在学校食堂吃到的一块近于黑而透紫的粑粑，形若一小块牛粪。现在想来，大概就是一种变质的高粱或掺了别的什么杂粮做的吧，可彼时哪能知道那么多，只是觉得发苦，难吃。难吃又如何？那是你极有限的定量供应中必有的，不吃就得挨饿。我听说当时有许多人吃"观音土"，我未曾吃过，但直观告诉我，"牛粪"大概还是犹胜于"观音土"的，这也就促使我勉强接受它了。

饥饿的年代也有花开，1962年，我居然考上了北京的一所大学。这一变迁从纯饮食的意义而言，是更远大米而近杂粮了，我却沉浸于升学的兴奋而未太留意于此。入学之后，领到学校食堂的粮票：一种白色，一种红色，白色为细粮，红色则为粗粮。所谓粗粮，具体而言，就是玉米面，与细粮大约是4比6的比例，假如月定量是30斤吧，就须食用12斤粗粮，除却早餐之外，正餐也是要缀以粗粮的。当时并无"绿色食品"的概念，要食用如此多量的粗粮，谁也不会以为是一件很"嗨皮"的事。

现今跟年轻人（尤其是南方的）谈论窝窝头此物，大约还是多少要加点注疏，有人真是未必知道的。其实也很简单，即用玉米面加水，揉捏成带个尖顶的塔状，底部还特地掏一浅窝，蒸出来黄澄澄的，宛然一座微型的黄金塔，在比较感性的人眼里，它或是有点吉庆的吧。然而，当年已经识得此物真滋味的我们，似乎不这么看，我常见到，有人不惜用二比一之比换细粮票，舍果腹而求可口。也有"白马王子"之流，自啖粗粮，而将细粮全留给他们所呵护的"公主"，以示"爱情价更高"，足见窝窝头估值并不甚佳。

又过了几年，供应情况好转了一点，居然二两窝窝头加一点咸菜，成为监狱的"标配"食物，故而，每说起进监狱，有人径自会以"吃窝窝头"代之。我未曾坐过牢，实不知牢里供应的窝窝头品质如何，但既然以"吃窝窝头"喻示坐牢之苦，想来总不会甘之如饴，何况又量少，顿顿如此，配以一点咸菜而已，这就更要令人对吃窝窝头要厌而远之了。

2

而我之于窝窝头的感觉与印象大变，则是在有一段农村生活的经历，或者更直白地说，有一段真正挨饿的经历之后。

前面说了，我是一个生长于城市的人，由南京，而武汉，而北京，所以常常羡慕从农村来的作者们，他们的记忆中，有多少珍异的乡村生活故事可以书写，多少山野风物和情趣可以回味啊，而我们城里人，除了大致相同的见闻和感慨，又有什么可咀嚼并神驰的呢？在这样的城里人中，我也可算别有一点幸运，即年轻时候，不管情愿不情愿，曾几度到农村"潜水"过。

　　这里就说1964年"四清"运动下乡。虽然对于自己，事情如在昨日，而对后来的读者却已是远哉遥遥的历史，又非有一堆注疏才能说明。简要地说吧，就是那时要从城里派许多公务员到农村去搞一场叫"四清"的斗争，我们是在读大学生，相当于候补公务员，故也在被派之列。

　　我所去的地方，是河北衡水县的贾庄。上个世纪九十年代，我又去了一次这个村庄，过了几十年，真是沧海桑田，面目丕变。"四清"那会儿，它外围是一片白花花的盐碱地，几个相邻的村庄，像茫茫大海中遥遥守望的岛礁。那年，刚遭过洪灾，地里没有收成，村子很穷。一百多户人家，工作队一下派进去了三十多人。当时根据某大领导的"试点"经验，时兴"人海战术"。一个生产队二三十户人家，干部合计不过三四人：队长、会计、民兵排长，再加一个妇女队长，工作队就要派进七八个人。这七八个人做什么营生？主要是查干部的"四不清"问题。为查干部的问题，就要划分阶级阵线，对干部要严阵以待，对地、富、反、坏、右，更要势如水火，工作队能串门走动的户数，实在"多乎哉，不多也"，时间一长，"派饭"吃饭就成了问题。所谓"派饭"，就是派到某一家吃饭，能去吃饭的十来户人家，一个多星期就轮过一遍。这个"派饭"，或者说"被派饭"，在当时情境下，起始简直是一种政治待遇，不予"派饭"，几乎意味着被打入了"另册"。轮上"派饭"的村民，俱无不满怀"阶级感情"，为工作队做饭。虽说无大鱼大肉（按工作队纪律，严禁享用鱼、肉、蛋），以当时村民经济条件，备一餐略微看得过去的饭菜，也很费力。严重的问题在于一次、两次、三次尚可对付，周而复始，未几天即轮上一次，一来就七八个男女，满满坐一炕，光是喝粥便要熬一大锅，时间一长，这就有些不堪重负了。

问题反映到上面，终于获准可以搞点"改革"，即在大队部（生产大队，相当于现今村委会）成立一个工作队食堂，工作队员每人每周轮流去吃一天，这能多大程度减轻村民负担不好说，而对我这样的工作队员，实不啻一大福利。

我要转回来再说到窝窝头——唉，这窝窝头无皮无馅，但要走进到它的内瓤，将它说个透彻，隔了这几十年，真是好难。

前面说了，这地方刚遇上一场水灾，大水不但冲垮了龙王庙，连县政府的大字木牌都卷走了。大水过后，颗粒无收，老百姓吃粮成了大问题。我生平第一次吃棉花籽，便是在那里。老乡用杂粮掺和棉花籽当食物充饥，这东西滋味之不良，不但难以下咽，还在于丝丝缕缕、撕撕拉拉地"拉"不下来。工作队员被要求与贫下中农"三同"（同吃、同住、同劳动），老乡平日就吃这食物，虽然吃"派饭"的时候，他们拦着不让你吃，你也要为"改造思想"，争抢着吃。"人之于味，有同嗜焉"，如此难以下咽、消化的东西，谁能说愿意吃？不吃，不但大面上过不去，也必定更加饥饿难耐。

工作队既办了食堂，大家就盼着能去"改善改善"，即便一周一天，搁在心里，也胜似过节。工作队食堂能吃什么呢？鱼、肉、蛋是禁止的，食堂请的做饭师傅姓张，人很和气，做得一手好窝窝头。因为除了做窝窝头，他也实无其他可做。至于他做的窝窝头是因为玉米面尚好，还是因为我们的胃口被吊起来之故，这已无可考了。

　　不过，除窝窝头外，他还能炸干红辣椒，重要的是，那炸出来的辣椒籽，过油之后，竟是那样的香，再配上刚蒸好的窝窝头，好吃得不得了。有一次，我一口气竟吃了六个窝窝头！每个二两，一顿就吃了一斤二两，在我个人生命史上，诚为空前绝后。这事还必须大书特书几行，就是回工作队食堂用餐前两天，好像就在渴望这饕餮一刻，虽然明知不过是区区不足道的窝窝头，啊，那黄澄澄的足有一拳头大的窝窝头，其所内含的清香与淡甜，是非以当时的味觉绝不能充分领略的。工作队食堂当时也实行粮票制，而我已不复为未来果腹的大计考虑，先豪掷一把，饱啖一餐再说。若干年后，读张贤亮的小说，他所有过的那种极度饥饿感觉，自以为颇能理解，莫不与此有关。

3

　　这个与窝窝头相关的美好时光，不久就匆匆结束了，其原因盖出于与我同在一个生产队的那位指导员 D 同志。D 同志是大队工作队的领导，却也"蹲"在下面的工作组里，与大家"三同"（同吃、同住、同劳动）。他是县党校的教研室主任，平时有些不拘小节，会上虽然讲些政治正确的话，下面也嘻嘻哈哈，有让人觉得近人情的一面。工作队纪律规定，不得在老乡家里吃鸡、鱼、蛋，却实在挡不住老乡待客那般如汤沃雪的热忱。却说有一天，某积极分子（这也是当时对被依靠对象的一种称呼）在湖里"炸鱼"，颇有所获，晚间一定要D同志赏光，D同志经不住"诱惑"，就去打了一顿"牙祭"。此事不知被什么人知道并举报了，上级派人下来，一番调查核实之后，便连着开了三天会，严肃帮助D同志检查、认识错误，撤了他的指导员职务，还顺便纠正了"导致放松自我严格要求"的开办工作队食堂的决定。如此一来，我们就又与美味的窝窝头告别了。

那时还很青涩的我，一定在什么场合非常猥琐地表露过对窝窝头的一往情深，和我同在一个工作组的小沈看在眼里，他对我怀有一种近于崇高的人道的同情。

小沈是从邻县农村抽调来参加工作组的年轻人（补充说一句，当时工作队的组成是以当地干部为主，北京或其他地方来的大学师生为辅，这些当地的年轻人一般是经过"四清"运动之后要使用的后备干部），他家离我们所在的村庄也就三十多里地，燕尔新婚不久，就来参加工作组了，免不了常常想念恩爱难舍的新媳妇儿。

有一天，他对我说："我跟队部请了假，回一趟家，一天来回，怎么样，跟我走一趟？"

"你回去看老婆，我去干什么？"

"我做味道最好的窝窝头给你吃，你尝你的，我尝我的。"说着，他眨吧了一下眼睛，不怀好意地呵呵笑。

当时我并不懂他话里所含的"荤"意，待经历了"人事"之后才明白，这小子竟以我之贪恋吃窝窝头，与他男女交欢的至乐相提并论，实在太坏了。

　　果然，到了他家，他立即安排给我做新玉米面的窝窝头，虽然相隔不远，他家这边生活状况比我们所在的村庄好多了，尤其让我想象不到的是，他竟然找来了罕见的白玉米面，还加了几粒小枣，档次比工作队食堂高出许多。我自然吃得很尽兴，以至于有一阵子我只是与小沈的父亲边吃边聊，不见小沈的影子，或这时正是他在忙着"尝"他的吧。

4

　　我们在那里搞"四清"历时一年，诸如"扎根串联"啊，"访贫问苦"啊，查"经济账""政治账"啊，印象都早已一片模糊，唯有所尝的窝窝头的美味，一如留在彼处的一点诱惑，令我偶尔怀想。曾经看过一则历史轶事，说慈禧太后她老人家逃难途中，饥饿难耐，身边人四出寻觅，找来几个窝窝头，太后吃了，大以为美味，难以忘怀，待返回宫中，即着人制作窝窝头献上来，又觉其味与当时所尝大异，遂不乐。身边人与御膳房商议，乃以栗子粉等代之，其味乃佳，故今有北海"仿膳"栗子粉窝窝头也。不过，"予何人哉"，岂能与太后比？确有相当长一段时间，终日此身营营，也并不特别在意食物，常年一日三餐，无非大米白面，不见窝窝头亦久矣，不见也就不见了，也不可能授意别人特制，渐渐地便有些淡忘下来。

早几年，一次我参团去埃及旅游，团里有几位邀约来的朋友，一路行来，卢克索的神庙瞻仰过了，红海的绮丽风光也领略过了，到了开罗，白天看狮身人面像，看博物馆，晚上安排夜游尼罗河，十分开心。

尼罗河的夜色很美，月亮照了古人照今人，不改其皎洁。游船灯光璀璨，倒映水波，令人目迷五色。美食、佳酿、乐声、肚皮舞，游客们无不陶陶然。我们一桌，座中有一位F先生，年纪与我相仿，是国内一家博物馆的副馆长，连日来看了太多世界级的文物珍品，大呼过瘾。此时又美景当前，遂开怀痛饮，直叫服务生上酒，上菜，一概由他买单。大伙儿为他的豪气所感，大呼小喝，频频举杯。欲醉未醉之际，"真言""箴言""金言"之类，也不知所以然汩汩而出，就听见F先生摇晃着头，颇为痛切地说道："有好玩的，咱们就去玩；有好吃的，咱们就去吃；过去受的那份罪，再也不能受了。"

这句话并无对错可论，不知怎么，却令我蓦然心动。我不知道F先生曾受过怎样的罪，自身所受过的罪，自己倒心知，多少苦难的记忆，一时哪能都唤回？正是在一种迷离惝恍的心境中，以味道而存于记忆的窝窝头，忽然闪现。

啊，那往昔生活中的黄澄澄、沉甸甸的窝窝头啊，它是命运给我们的一种怎样的馈赠！不过，我绝不想说，我再也不吃窝窝头了。必须承认，我们过往人生中，有些东西是五味杂陈的，又岂可以判

然分离，遽尔割断呢？又何况今天，它还是我们一种有益于健康的
"绿色食品"。

　　于是，回来之后，酝酿一段，拉拉杂杂写下了以上的一些文字。

2017年

我怎么读起博士来

1

世人皆好（爱好之好）第一，无论古今中外，当然，有的是技艺高下的区别，有的不过是次序先后的排列而已，比如排队购物，先到半步者为第一，实在也无足夸耀的。

我们是在上一世纪八十年代初期读博士（此说法总有点别扭，通行，故从之）的，偶尔也会有人问，你是第一个吗？或谁谁是第一个吗？

我当然不是第一个。

先前中国倒是有过博士的官职，以及"茶博士""酒博士"之类，并无博士学位，"文革"之后，高考恢复，于是，才有硕士、博士学位设立之举。1978年，首度招考硕士研究生，我忝列其中。"毛坯"进厂，打磨年限是额定的：三年，乃在1981年出品。此即为第一批硕士，因而，我们在全国就有了许多"同年"，后来现代文学专业的名家如钱理群、赵园、吴福辉、杨义等都是。有此"产品"，才加工更高端一点的"博士"，首批全国一共招了三百多人，文学类有十二人，时间仍是额定三年，所以，1984、1985年顷，遂有此类"产品"纷纷出炉。不同学校，不同专业，答辩时间安排不一（也从无此种统计，通过答辩者也大抵都是当场由答辩委员会投票同意授予博士学位），此情形下，争名第一、第二，不仅官方并无准确信息，也似乎有点无谓。

1983年于人民大会堂，隆重授予过十八人博士学位，皆为理工科人选，按以上招考时间及学制年限，显然未循规而进，属"特事特办"，此则又另作他论。

我为这篇文章随手拾一题目：《我怎么读起博士来》，鲁迅先生有文章题曰《我怎么做起小说来》，显然属于套用，但鲁迅是大文学家，他之为何写起小说，从文学史角度看，也很值得关注；我之如何读起博士，则原就不足挂齿，写一写，不过是留一点当时教育上的实情而已。

2

从1978年到1981年，我在武昌桂子山上的华中师范大学（当时还叫华中师范学院）读中文系现代文学硕士研究生，已满三年。毕业论文写得并不顺利，原先开题写的关于鲁迅一篇，导师不甚满意，只得另起炉灶，改写一篇关于现代小说的。武汉的炎夏热得几近令人恐怖，当时空调还不入寻常百姓家，我的斗室里只有一个小台扇，一直无济于事地转动，汗从头、脸到臂膊、手腕，须臾间就蜿蜒于桌面，浸湿稿纸。幸而，不负这一番"临门一脚"的拼搏，论文答辩获得通过，这才松一口气。

接下来的日子就颇为美妙，我被分配到湖北省社会科学院文学研究所，恰好它的新院舍，位于风光绝佳的东湖风景区旁，我就到那里去"点卯"。其实，"点卯"也只是一周两次，况且，也非"卯"时去点，准确地说应该是"点巳"，大抵"午"时不到，各人就回府了。我的家住在旧时文华大学所在的昙华林，骑着自行车，观看着街景，悠悠然半个小时即可到。其他时间便是在家读书、写作，上报几个选题，在报刊上发表几篇文章，便完成了"工作量"。我也酝酿着几个较大的写作计划，期以时日，总应可以完成。这样的生活状态，在我是几近于满足，甚至有点陶醉的。然而，没有多久，就接到母校北京师大杨占升老师的来信，他希望我报考那里的博士研究生。

世界上的事大抵都是热心人做起来的，杨先生便是这种可贵的热心人。带博士生首要条件是要有具备资格的导师，当时主管部门宣布的现代文学专业可带博士生者，全国只有四位：北大中文系王瑶、中国社会科学院文学所唐弢、王士菁和鲁迅博物馆李何林，这几位先生在学术界名重一时，我曾在一个场合见过他们聚集一堂，极受众人景仰。四人中唯李何林先前在北师大授过课，有些渊源关系，杨先生遂极力劝说，李先生于是同意在北师大招博士生，成为四人中的"始作俑者"。他所首招的两个博士生，自然也是这个专业最早的两个。

和我一起被物色的，还有一位是山东聊城的王富仁。富仁兄后来在专业领域已卓然成一大家，姑且不表，当时即已有研究鲁迅的专著出版，引起重视，而我则显然远远不及。师从李先生，研究方向只能是鲁迅研究，在我当时看来，此项研究委实太难，盖因研究者甚多，我甚至对人开玩笑说，鲁迅的每个细胞跟前，都围着一堆人，你还指望能出什么成果。我读硕士的一位导师是专门研究鲁迅的，我毕业论文的第一方案也是鲁迅研究，因为"功底"不行，就未获通过。我于是非常犯愁：究竟要不要去跟李先生研究鲁迅呢？三年后拿出的成果，能达到博士的要求，并为"鲁研界"认可么？我对此毫无信心，而且，已有的稳定且颇为安逸的生活，随之要完全打乱……每念及此，就想还是婉拒了杨先生的美意吧。

在世途上蹉跎了许多年，到1981、1982年顷，我早已过了有什么抱负的年纪，赶上一个所谓"拨乱反正"的好时候，走出山沟，读了一个硕士，已出意想之外，所以，有朋友向我预言读完博士后会有如何如何的前景时，我都不以为然。直到有一天，一位颇知道我的经历的友人，来到我居住的小屋，做了一夕长谈。他分析了我的博士之途全部利弊得失，我已有的基础和条件，显出对我十倍于我对自己的信心，而且，还不忘激将我说："你认为你的北师大故事已经画上句号了吗？为什么不能来一个意外精彩的结尾，加上一个惊叹号，让关爱你的北师大的师友，如杨先生这样的人，感到多一些慰藉呢？"这话对我真有"截断众流"之感，而且，顿时感到有点热血上涌。我与北师大有十年不解之缘，1962年考入，是一进；1970年从部队农场递解回校，是二进；"时汉人"事件在北师大广为人知，我的人生也是在此顿起涡旋。做人不可太平淡，仅仅为了对得起这个故事，和这故事已有过的高潮，也应该补上这一笔：三进北师大，当首批博士，此事就这样定了，其他都不必再去想。

3

虽然级别或相当于前清的"会试"，我们却无需赴京赶考，试卷寄到我所在的单位人事处，由专人监考。专业考什么，已经不大记得了，哲学考题是"论述意识形态的相对独立性"，要求在规定时间里写出三四千字文章；英语则是翻译评论惠特曼的一篇文章，都不甚难。成绩也还不错，专业和哲学都考到九十分以上，英语也在及格以上。后来的一段时间，便是等着录取通知发下来了。

那是一个闷热而多雨的夏秋之交，通知迟迟未到。接到杨先生一信，告知是因为研究生办公室假期没有人上班，同时，他也谆谆嘱咐我，一定要谦虚谨慎，做学问要扎实、刻苦等等。这看似师长一般的告诫，却让我有不一般的感觉，我觉得北师大那边似乎发生了一些什么。后来才知道，果然是有人到李先生面前，告发我骄傲、浮躁、不扎实等等，举出的有力例证，便是我的一篇发表在《花城》

杂志的论文，居然把果戈理写成了契诃夫。李先生因而对是否录取犹豫再三，幸而杨先生又去做了一番说明，方最后确定下来。这位仗义告发者当然是一位熟人，我约莫能知道，但杨先生始终未说，他只给我讲述当时一个颇为"典型"的例子：一个研究生去找接收单位，她前脚刚走，另一人后脚即到，说上一堆坏话，一处如此，另一处又如此，如是者三，最后真相大白，原来是她同宿舍的一人。所弄不明白的是，她何以有如此的激情和精力执着于此？

我的"三进"北师大毕竟实现了，这里的确予我母校的感觉，不仅环境熟悉，也有许多熟稔的面孔，到学校各部门去办手续，都会有人露出惊异的目光说："啊，你就是时汉人，你又回来了！"这令我感到满足而且快意，我感到自己确实属于这里，曾经的"反动学生"和"大毒草"，而今是首批博士生——历史已然改写。

我当然不会期待学校会给博士生有什么"厚遇"，我们高于本科生和硕士生之处，是两人一室。

我的室友即王富仁，他大我三岁，给人的第一印象是乡土气很浓，说话带有乡音，常露出朴实的憨笑，身上又无什么上好衣着，有人背后笑他像个农民，他也常以自己是个农民自嘲。为他这副外观，也闹出一些小风波。有一次我和他乘公交，售票员就死盯住他，以为他是外地的乡下人，厉声要他拿出票来看。还有一次他拿油票去粮店打油，售货员也是喝问他是从哪里弄来北京油票的。他告诉我，他接母亲来北京玩，在火车上，受到乘务员的歧视对待，老太太愤而拍案说，你们别看不起人，俺儿是北师大的博士！

我们很快就无话不谈——关于社会的、人生的、历史的、文学的，话题源源不断。他对鲁迅堪称"仰之弥高，钻之弥深"，每谈及鲁迅的一些言论和思想，就像古人说欧阳修的，"遇感慨处便见精神"，兴奋起来，滔滔不绝。那真是一段非常值得怀念的时光，尤其是每天晚饭后，年轻的硕士生们或有约会、舞会可以消遣，我们这两个老博士生无处可去，只有相守"侃大山"。隆冬时节，窗外朔风呜呜地刮，室内却因我们相知、相得的言笑而春意盈盈。有时也有一些同楼的硕士生破门加入，这就更加热气腾腾了。

4

除了外语和哲学两门公共课，我们毋需到课堂上课。隔上一段时间，便由杨先生领着，乘公交到位于史家胡同的李先生家去。那是一个颇为宽敞的四合院住宅，由大门进去，要穿过两进院落，才是他家住的院子。先生在北屋，他静候着我们，看上去总是神清气朗，意态端凝。落座之后，我们先向他汇报近一时期的学习情况，以及选题设想，先生一一给以指导，言语不多，也都切中肯綮。那时他还担任鲁迅博物馆的馆长，公务繁冗，加以年事又高，所以，校内还由杨先生和另一位郭志刚先生兼管，我们称之为"副导师"，具体的事就更多向他们请益了。

实话说，此前中国并无培养博士的经验，导师们自己也无读博士的经历，所以，都是"摸着石头过河"，我们自己更是手忙脚乱地

"摸"着。我固然负一时意气来读博士，却无法破决我的大大的难题，究竟我该拿出怎样的一个研究成果，够"博士论文"的标准，并能为研究界认可呢？

时光过得很快，我必须尽快确定课题，草拟大纲，着手收集资料，补充阅读，第二年即要开足马力写作，第三年交卷，前前后后还有许多事：付印、送审、修改、答辩等等。起初，我想写《鲁迅研究概论》，但这显然是一不自量力之举，自己尚在学步，岂可企求占一高点，去俯瞰全局，评点他人呢？继而，又想弄鲁迅文艺思想研究，但这又如有大河前横，刘再复的《鲁迅美学思想论稿》甫出不久，学术界评价很高，我又如何能另出手眼，别开生面？一段时间里，我非但十分头疼，而且近于惶恐、绝望，当时常常浮现的念头便是弃学，回家。

有一次，读一篇日本人写的论文，他探讨孔子的艺术哲学，是从文化哲学的角度来把握孔子的艺术观点的，这给我一个启示，我何不将触角伸进鲁迅的文化思想进行一番探索呢？鲁迅是一位作家，更是一位文化与文明的批评家，一位文化的思想家，在他自己，后者可能更为重要。鲁迅有自己的文化思想体系，我相信这是鲁迅研究中尚无人倾力耕耘之地，选它做我的课题，应该较为允当。

这个灵光一闪似的"偶然得之"，大概就是"天助"了吧，此题很快得到了李先生首肯，我也终止了"开小差"的徘徊，打起精神出征了。

忘了那时对论文的字数规定是不是二十万字以上了，总之，质量先不论，既然是博士论文，篇幅当然要够大、够分量。我拟定了一个颇为宏大的构架，不断向里面填充材料。在不长的时间里，尽可能地涉猎历史、哲学、社会学、文学，尤其是近代的思想史、学术史、文化史，可想而知，这也必定是浮光掠影。一套《鲁迅全集》，不但通读，许多还要反复读，做一张张卡片，爬梳整理。富仁兄习惯挑灯夜战，我一觉睡醒，但听他落笔声声，直如马蹄疾奔，到他入帐倦卧之时，我又该"闻鸡起舞"了。

人也是靠逼的，这么一逼，居然也逼出来一部三十多万字的《鲁迅文化思想探索》，作为博士论文交卷。写完时的精神状态，比刚来时要好得多，就像跑完了一场自己并不以为会到达终点的长跑，私下还是有些庆幸。

按三年的学制，我们应在1985年的夏季毕业，但到1984年的秋冬之际，似乎即已进入收尾阶段。分配工作，原议两人都留，据说，教研室有位副教授声称，如是，他就走人。最终系里定下留一人，即留富仁。我则分到别的单位。论文都送出给评委看去了，其间有一个寒假，又不知有何原因延宕了一下，答辩直到1985年的4月11日才举行。答辩委员会主席是北师大的钟敬文，与会者还有北师大郭豫衡，北大中文系严家炎，社科院文学所刘再复、王士菁等，可称皆"一时之选"，好在诸公并未为难我，倒是嘉勉甚多，全票通过。不日，《光明日报》发消息称，"金宏达从事鲁迅研究有新成果"，提及专家们的评价，认为我的论文具有"开创性"等等，其他亦有若干家报刊报道。这大概就是早期博士能享受的"殊荣"了。

那年离开北师大时，和富仁兄喝酒，我在酩酊之际曾说，老兄留在这名山大寺修行，我是去做"云游僧"了。几十年过去，我也确实如同一个"云游僧"一般，做着各种工作，飘忽不定。有一年，我在粤东行走，落脚到汕头，特地去拜访他——他已在汕头大学任教授多年，相见自是甚欢。他还记得我们当初的笑谈，迎面说"云游僧"来了，欢迎欢迎。我说贫僧特来拜见你这得道高僧，你不在京师名刹，却到这海隅仙山来了。说罢，二人拊掌大笑。忆及当年我们"读博"的"青葱"岁月，互望满头白发，不胜唏嘘。

2012年

"童话中人"

很久以前，读郭沫若的《创造十年》，他记述年轻时初见诗人穆木天的印象是："木天那时是三高的二年生，他是在专门研究童话的，一屋子里都堆的是童话书籍。我觉得他自己就好像是童话中人。他人矮，微微有点胖，圆嘟嘟的一个脸有点像黄色的番茄。他见人总是笑眯眯的，把眼睛眯成一线，因此把他那丰满的前额和突出的两个脸墩便分成了两部分。他特别像番茄的地方也就在那儿。他是吉林人，爱用卷舌音的北方话也特别助长了他的天真烂缦。我觉得他姓穆而名叫木天，真是名也名得好，姓也姓得好。"这段话也给我留下很深的印象，尤其在读过他的若干诗作之后，便不免想，这位"创造社"的中坚人物，"长着番茄般的脸"，像"童话中人"的诗人，究竟是什么样的呢？

我们进大学的时候是在"反右"之后，当时许多学术界、文艺界的名人都被"资料"了——我之所谓被"资料"，是"就任"右派分子了怎么办？搁资料室里打打杂，"尔曹身与名俱灭，不废江河万古流"，算是恩准的一条满不错的出路。二级教授穆木天在北师大当时就这样被"资料"着，他还正值中年，外语很好，翻译与研究都颇有造诣，中文系后来找到他当年的几千页文稿，各种作品，涉及面很广，而且字迹非常工整，写得十分用心。和他在一起的老师说，他高度近视，外文字又小，所以，脸要贴着纸面，每个字几乎都是"闻"出来的。不过，他和包括美学大师黄药眠这些人，都被放在资料室做些辅助的事，"养在深闺人未识"，所以我辈学生很难见到。

后来，终于近距离见到了，是在"横扫一切"的风暴到来后不久。系里一干"牛鬼蛇神"，当然包括穆先生在内，每天于"集中训话"之后，便分头劳动，有一段，他与李长之、俞敏几位，就打扫我们男生宿舍的楼道和厕所。说实话，我确实留意过他的脸，印证是否真的如郭沫若所描画的，是番茄一般，结论是的确很像，只是岁月刻痕留下已多，倘说早先还是新鲜青红，如今，已然起皱发乌了。而所谓"童话中人"，哪里还有"童话"可栖？实实在在落了地，具体地说吧，就是我们的楼道和厕所冷冰冰的地面，其"专业领域"，今已从资料室递降至此。

不过，大约是"童话中人"做久了的缘故吧，不经意间，其姿态宛然犹在。有时，洗脸房上方的灯泡不亮了，他会和那几位"同年"（年纪相若也）一起，找来木梯，缓缓地爬上去，拧下坏的，换上好的，仿佛去点亮一盏童话中小屋的灯。还有一次，我正在洗衣服，忽然他凑近过来，问我怎样能联系上水暖工人师傅，厕所一角的水管滴水，愈来愈严重。这件事其实迩来已令大家不爽，天天上厕所，岂能不知，然而，"天下者我们之天下也"，既是"我们"的，就谁也不管，又何况"革"字当头，"革命"不成，何以家为？按说这班"牛鬼蛇神"的差役只是清扫、保洁而已，过问水管修理之类，未免"僭越"，而"童话中人"，偏不作此想，他来问如何联系水暖工，其实是央求的意思——以他们当时的身份与境况，怎么能"乱窜"和"出面"？我遂将此事对班上原先也管些事的同学说了，此公办起来居然轻车熟路，很快就解决了。

虽然"革命"是疾风骤雨，而在宿舍闲谈的时光还是很多的，话题甚杂，有时就落到这班"牛鬼蛇神"的身上。谈到穆木天，又会谈到他的夫人彭慧。彭慧也是名人，高挑身材，气质优雅，是那种"严妆美妇人"一类。她很早就留学苏联，参加过"左联"和工运，五十年代大刊物《文艺学习》编委名单中有她的大名。她是党员，也曾在系里有负责的职务，"反右"时因说了几句什么话，遽尔"落网"成了"右派"。浩劫来临，自然难逃被"专政"的命运，在大操场开过他们夫妇俩的批斗会。此批斗"级别"很高，足见"罪行"之严重。大概主要还是三十年代的旧账，穆木天是鲁迅所称的"转向文人"，与"四条汉子"属于"一伙"，是那根所谓"又粗又长的黑线"的上端。单是他一人已不得了了，又加以老婆也活跃其中，不就是"夫妻店"了么，而照例，斗起"夫妻店"来是格外使人有兴味的。

我未曾亲睹当时批斗的场景，据说彭慧非常不服，挨了暴打。

后来，又有传闻说，湖南老家查出她是"漏网"的地主分子，要来人押解回去。彼时虽然怪事甚多，见怪不怪，然此事总是怪怪的。也不免想，在那个以"好得很"的"农运"著称于世之地，前既有如叶德辉那样的地主分子兼学人被"做掉"，后又哪有她的活路呢？进一步的消息说，她已被折磨致死了——而这个消息，好心人还是努力对穆木天保密，不让他知道，使他于劳瘁衰惫之余，一直以为他的"公主"，还活在另一个"童话"的世界里。

又过了几年，"工、军宣队"开进了学校，校园里稍稍平静了一些。有一天，我走在出校门的路上，迎面走来一个个子矮矮的、圆圆脸老人，他在我面前突然停下，使我吃了一惊。他笑嘻嘻地望着我，对我说他出去买面包去了，那个副食品店的面包不错。我这才意识到他是穆木天，便问他现在身体如何，他连连说好，平时就一个人，一次出来买些吃的东西，管好几天。我觉得他的精神不错，也未及想，他何以停下了和我搭话，是因为我也是系里的"名人"，他暗中留意过，还是他认错了人，急于想与人说说话？

再过了一阵，就听说他去世了，断气时无人在身边。居委会的大妈见他好些天都没外出买食品，于是去敲门，发现他早已僵硬在床。屋里一片狼藉，他不会收拾整理，抽屉里散放着红红绿绿的人民币。他原就是一个"童话中人"，不谙这世上的各种事情。

关于彭慧的那个传闻，一直存放在我的心里，直到很久以后，才知道其实是不确的（或是有人在大字报上的提议），彭慧是被折磨致死了，然而，不是在老家，还是死在师大。老诗人当然知道，他

后来孤零零一人度日，只是我们不知他是否为她作过悼亡的伤心诗，
或者，一直还默诵着他年轻时的那首相当柔艳动人的名作：

　　　　我愿透着寂静的朦胧薄淡的浮纱，

　　　　细听着淅淅的细雨寂寂的在檐上激打，

　　　　遥对着远远吹来的空虚中的嘘叹的声音，

　　　　意识着一片一片的坠下的轻轻的白色的落花。

　　　　…………

　　　　啊！不要惊醒了她，不要惊醒了落花！

　　　　任她孤独的飘荡！飘荡，飘荡，飘荡在

　　　　我们的心头，眼里，歌唱着，到处是人生的故家。

　　　　　　　　　　　　　　　　　　　　（《落花》）

　　　　　　　　　　　　　　　　　　　　　　2012年

长揖东方宏儒

季老去世的第二天，北大设灵堂，供各界人士吊唁。是日下午，我与内子去了，门前已排起长长的队，不用说，大家心情都很沉重、肃穆，我们把工作人员递来的小白花佩戴胸前，队列里，氤氲着一片寒云般的哀思。

我与内子均不出身于北大，更不曾师从季先生，不揣僭妄地说，大约可称之为季先生较年轻的朋友或熟人罢。承先生不弃，先生垂暮之年，一年都会有几次去看他，倒也不是有什么学问要请教，或有什么大事要磋商，只是每次与他的助手——先是李玉洁，后是杨锐联系，她们都说欢迎，欢迎，季老想你们的"小公主"呢。这是指我们的小女儿，噫，此女何来一点"公主"尊贵气象，大概是看我们过于珍爱而戏称之也。

于是，我们一家三口就过去，先是在北大朗润园的季宅，而后是301医院西区的病房。我特别记得，301医院西区旧楼那条长长的略显阴暗的过道，走来走去若干次，每次走过，我的心情就像是去探视一个自己的亲人，有种惘惘的义务感。老先生名满天下，即使住进门禁森严的医院，求见者也是络绎于途，病房常有贵宾到访，来意虽或各异，寒暄大致相同，在一个常常栖居于诗意境界营构美文的心灵里，或者总有一些难言的大寂寞吧。这寂寞便使他愿见一见像"小公主"这样天真未凿的孩童，和我们这样无何宏猷大计前去求助的人。

我们坐下，随意地说些"闲言闲语"，李玉洁则是"快人快语"，老先生笃厚、安详地笑着，不时用他浑沉的低音，补充几句"逸语"，又或者是"小公主"站在他面前，咿咿呀呀背唐诗了："九月九日忆山东兄弟——王维——独在异乡为异客，每逢佳节倍思亲……"老先生若有所思，不停赞许地点头，大家一阵阵喧笑，以示"捧场"。而老先生题赠新书时，决不以小"觑"她，也一笔不苟地写上她的名字。从老先生运笔时的心情看，他是发自内心高兴的。这时我便想，对于这样一位老人，我们能做什么呢？虽然，内子以山东老乡的身份，有时也送来一些他爱吃的"烧锅"，或者，特意挑选几色酥软的西点带来，却都不如这一场小小的精神宴乐吧。

有一次，竟也接触"正事"了，老先生分明在生气，那是有一家出版社出他的一本散文集，瞒天过海地改了个书名，是他所不愿见到的。借用王蒙先生的话说吧，就是为了书大卖，自己赚钱，将先生推出去做"斗士"或"烈士"，签约时一套，出书又一套，责任编辑还不认错。老先生向来耳根软，好说话，老来目力日渐衰退，头脑并不糊涂，所谓"马善被人骑，人善被人欺"，此辈大打蒙他的主意，实是欺人太甚。内子供职于出版管理部门，正好投诉于她，助手替他叙述，而老先生虽不言不语，脸上还是掩抑不尽一种少见的愠怒，看得出他是如何在强忍不发。人们或常见先生外在的尊荣和辉煌，却不知他一直到晚年，还有如此难以忍受的委屈与损伤。

也或者，还有其他的一些难言之隐。据我的观察，在他的老助手李玉洁突然患脑溢血住院，其工作改由新助手接替之后，先生似乎就积郁着一些不适的情绪。不管后来外界传有关于李玉洁多少流言，她确乎是先生晚年身边一个得力的"管家"，里里外外"管理"季老的各种事务，绝非普通保姆所可胜任，而李玉洁却做得十分练达、周至，细到他的盥洗与穿戴。季老最后十几年自理能力已弱，他不可能迎娶一个年轻少妻予以照拂，在我看来，老年李玉洁就是在男女这个"无性别阶段"，上帝给他的最好的安排，孰知李玉洁竟先他倒下，可想而知，他生活的这个空白，是无人可以填补的，其心中的怅惘与悲凉，也无人可以倾告。

而现今，他总算摆脱了这一切，"纵浪大化中"了。我们的队列缓缓移动，也进入了灵堂，一眼就看见了先生光风霁月的巨幅照片。先生的笑容是我们所熟稔的：冲和，慈祥，朴厚，所着的深蓝色中山装，已然具有标志性，是他那种"天下莫与之争"的朴素美的表达。我犹记得，有次在他家里，李玉洁女士还拿出先生的刮胡刀来给我们看，说是半个多世纪前，先生在德国留学时买的，至今还在用，先生当时淡然一笑道：不是还没有坏吗？先生不喜奢华，节俭物用，绝非吝啬，以他的大智，岂能不知老子之所谓"甚爱必大费，厚藏必多亡"，他倾平生节省下来的财力，购置书籍、字画，不是都捐献了么？坊间季先生谈人生的书多多，我以为留在纸上的，怕已是"言语道断"。从此再无直面先生感受他的心境的机会，这或真是我此刻所能感到的莫名悲哀了。

队列缓缓移动间，已来到签到处，我援笔写下名字，正放下笔，忽然，感到队列外起了一点点骚动，似有人越过肃静如深夜的排队人群，径直往先生的巨像走过去，步履间挟着一股声势。总还有一些好奇心如我者，便不免侧身望去，但见一黑衣男子，身旁数人陪同，立定于先生像前，笔直，跪下，两手触地，尽力向外扩开，叩首：一、二、三、四、五……即有媒体人士拍照，自各个角度。我之所以如此注视并略有惊异者，是"吾生也晚"，尚未见过有如此娴熟地依古制在亡者像前行大礼的，二则不知行礼者何许人也。恰好旁边有两个学生模样的人，悄声指着说："他就是某某某。"我于是方恍然，这名字倒是近来颇为耳熟，乃时下一位"闻人"。又听说过他是季先生的"弟子"，正在传播和恢弘国故，如此按古制行礼，正是无怪其然。

问题来了，我虽向来处事随便，偏好简放，紧随其后上去，只是鞠躬如仪，与前者"反差"太大，先生在天之灵不会责我不恭么？也或者，我可以稍稍迟疑退后，等下几位鞠躬者过去，我再上前，以示"随大流"，或为"大流"所裹挟之意。

　　不过，也容不得多想，已轮到我上前了，便惯性地在先生像前立定，仍是深深一躬，道是：请先生再受我一礼吧。先生固然多有他人所加的各种煊赫头衔，我却一向敬先生是一位粹然儒者。若干年前，内子所写国内第一本季羡林传行将付梓，一时想不出恰如其分的书名，求助于我，我思考良久，拟为《东方宏儒》，后来也为先生默许。先生以为称他为儒者，乃至学问宏博的儒者，并不过分。我至今还以为这较什么"大师""泰斗"为好。于此定位，乃我们读书人对先生抱有最高的尊敬。先生素来不居浮华，不事张扬，这一躬之礼，想必是可以接受的吧。

　　　　　　　　　　　　　　　　　　　　　　　2009年

把读书做到极致

在我国学界，钱锺书先生是一位极具重量的人物，我们在不止一处见过"泰斗"的名头，唯在他的纪念文集上看到"昆仑"二字，后者似乎更具重量与体积。不过，若是钱先生九泉有知，一定不会同意，他一生最厌浮名虚誉。其实，他就是一个读书人，只是他不是一个普通的读书人，而是一个把读书做到极致的读书人。天下读书人何其多也，其中许多只可称之为"读书的人"，而非将读书当作事业的读书人，如钱先生这样把读书做到极致的读书人，更是少而又少。

或者就是一种前定，先生"抓周"即抓住了书，取名"锺书"，与书结下永世之缘。书在天地间，乃是这样一种物事，自从有它，人类一切人文蕴积即有藏储、传承之渠道，文明世界遂得以滋荣与丰盛。无论如何说，锺之于书，而不是锺之于权，锺之于利，当是一种志存高远的上佳选择。

　　若说襁褓之时的事，仅是出于偶然的美谈而已，那么，后来取"字"，便是确定的意向所注了。古人云"择善而固执之"，锺之于书，做出好的选择，才只完成一半，另一半则是由其"字"——"默存"所透示。默而存之，是对其"善择"的"固执"，此固为其父辈之殷殷期望，也是他决然的自我要求，并为其一生勉力践行所证实。

　　实在说，先生所赶上的，并非一个"锺书"的人理想的时代。他留学归来，即逢战乱，所谓"海水群飞，淞滨鱼烂"，"忧天将压，避地无之"，安得读书的好环境？此时完成的《谈艺录》，真正是一部"忧患之书"。纵是如此，他仍出入于中西古今，兼采博搜，穷微极隐，于"诗话"一方领域，打造出一片读书的化境，令世上无数读书人折腰。爰至和平建设时期，却又风波迭起，动荡日剧，复有浩劫来临，以一国宝级的大学者，只能去烧开水度日，身边即使藏一两本"闲书"，也不可在人前捧读。迨至"文革"收场，纷乱渐靖，先生始能重理书箧，抉剔爬梳，"锥指""管窥"，神游八极，立意"使小说、诗歌、戏剧与哲学、历史、社会学为一家"。而此时，先生又因声望大震而多受干扰，乃以杜门谢客以拒之。

　　曾有一位老作家赞先生曰：他"站得高，望得远，看得透，撒得开，灵心慧眼，明辨深思，热爱人生而超然物外，洞达世情而不染一尘"（柯灵：《促膝闲话锺书君》），此言甚是。然若从另一角度说，"不染一尘"，"超然物外"，虽为先生素志，却难以尽如所愿，晚年就任高职，就有几多难以辞却的无奈。上世纪八十年代，我在一次与先生道术原本无关的学术会议上，见他端坐于主席台，就觉出他脸上有一种"长恨此身非我有"的苦笑。红尘滚滚，凡身肉骨，截然不染，其难可知！钱先生之高卓，就在于"举世誉之而不加劝，举世非之而不加沮"，一直秉持素志，不变抵抗之姿，不但不让红尘蒙头盖脸，乃至污染灵境，更不会争名于朝，争利于市，奔走红尘，换一副俗骨。

钱先生回应以利相邀的游说："我都姓钱一辈子了，还要钱做什么？"这已然成为钱氏警句；而当年他谢绝江青"国宴"之招，连说："我很忙，啊哈，我很忙"，忙不迭地关上家门，更是史上一段很牛的"非常道"。我们非常相信先生确实很忙，此非藉为托词耳，对一个读书人而言，"以有涯逐无涯"，实有太多的书要读，焉能不忙？何况像钱先生这样一个将读书做到极致的读书人，他要独自在自己的天地里，一锄一铲，开凿一条类似于巴拿马运河贯通中西的"运河"，会有多么大的工程量，有多少事要做。一个真正的读书人，在其生命的常态中，是不会有清闲的，他绝对了然自己生命的刻度，且知道有多少书是他要读而又来不及读，有多少事要做而来不及做。读书之道，需要惟精惟一，心无旁骛，非但他人他事，并自身也都忘却，先生极端到把这当作了做人的一个原则，从而展示了真正读书人的两面：痴心与清厉。对于读书，他实在是一片痴心，名实相副，而另一面，则不近人情，一派书生犟脾气，一副清厉矜严之态，断然谢绝一切干扰。无他，盖深悉非如此书就读不成，痴心必定落空也。

　　实事求是地说，钱先生后期颇得益于社科院的体制，据说这体制是从前苏联移植来的，其好处便是入院衮衮诸公可以读书、研究为业，唯要耐得清苦寂寞耳。此种生计，有人避之，有人趋之，真是人各有志。对于先生而言，耐得清苦寂寞，何足道哉。"朴素而天下莫能与之争"，在他，以读书、研究为职分，是一大幸事，若一心与天下有所争，则又何能尽职。其皇皇巨著《管锥编》中引述著作上万，可谓尽职的结果，评为"劳模"，当之无愧。

　　读书也是要讲量的，书读得不多，所见不广，难免井蛙之讥，而外语则是拓广读书的利器，钱先生通多种外语，遂使他中西统摄，恢恢然游刃有余。海外汉学家每以会不会外语轻国内学人，有一次，国内有位名气颇大的学者到美国某大学举行讲座，所讲主题为希腊文明，图书馆几位华人馆员谈论及此，有人问，他可会希腊语，答曰：不会。不但希腊语，英语也不通。不会希腊语，不读希腊书，讲何希腊文明，大家眨眨眼，哈哈一笑，不去也罢。若是钱先生呢，他们怎敢？

　　把读书做到极致，于是，就成了一面锃亮的镜子，一切敢于自报"著名学者""大师"的学人，不妨拿它照照自己。不过，像钱锺书这样的淹博通雅的读书人，斯世已很难再遇见，我们别的事上还是太忙了吧。

2010年

文脉：油然不形而神
——《海外散文名作·象》前言

"忽闻海外有仙山，山在虚无缥缈间。"

海外对于古人而言，曾是一个烟波浩淼，极其遥远，不易达至的领域，而在今天"地球村"概念里，大约不过是邻家池塘的一侧罢了。

以往及现在，成千上万炎黄子孙走到了海外。

他们步履所至，中华文脉也随之而至。

中华文脉，源自何处？是三坟五典，八索九丘？还是《诗》《书》《左传》，先秦诸子？我们宁可相信，自有达意表情，一线文脉，即在氤氲之中，老子之所谓"窈窈冥冥，其中有精"是也，它与中华民族的栖存、繁衍与壮大相伴随，自然，也同经了无数灾厄与斫伤，"惛然若亡而存，油然不形而神"（庄子），不经意间，秉天地之灵气，它又会激浪扬波，顿现一派长江大河浩荡景观。

披览海外各位名家散文，不由得对中华文脉作更为华丽的想象。

时当反传统的狂飙席卷之后，文脉与传统几乎同时噤声，而星散于海外的炎黄子孙则或更执着于故国故土之思，也更珍重固有的文脉。文脉的传承洵非个人的行为，而是一种共襄的盛举，带有五四新文学风云之色的老作家如台静农、梁实秋、林语堂、苏雪林、林海音、凌叔华等，固然宝刀未老，而萃然崛起的一批文章高手，则陡然使得沉潜的文脉有了溢兴的气象。如余光中仅从一场冷雨，即听出多少古国文化的情韵，另一手，则又以东方的文词、文体，驰骋神思，尽写现代都市文明之景观，百变汉字，使之空前地具有"文字的弹性、密度与质料"。而另一位大师级人物王鼎钧，虽然自云"浪漫而略近颓废"，其实却是"志深而笔长，梗概而多气"，读他的文章，真是非常的沧桑，非常的醋畅，其文字精淳闳约，波澜老成，令人大有"不图正始之音复睹于兹"之感。杨牧之文，状写域外风物，逸气横生，丰姿动人，其一篇书信体的《壮游》，就让人看到上承唐宋大家余绪，尤显恢奇之致。女性文章的巨姝，如张晓风、简媜等，也绝非只有"咏絮之才"：张晓风一支生花妙笔，触处成春，笔下重重叠叠，皆是诗词意境；而简媜虽也有辗转折冲，孤绝凄美之态，骨子里却是真正的沉博绝丽，她那篇《水问》，直接《天问》，好似一篇"楚辞"。其他再如长居香港的董桥，雅人深致，斯世希见，其文字可谓无一字无来历，文物风神，令人倾倒；而身兼艺术家的木心，则神观飞越，体气高妙，其高视当世，亦良有以也。如是高手，还可举出许多，佳构名作，自是不胜枚举。此际即或不能称为散文之盛世，称为胜景，想不为过。

　　文脉之兴，首在心存文脉。有论者探究海外作家成功之由，认为首先是对传统的认同和尊敬，我在细品他们文字之后，深以为然。这些作家的作品中都能看到或深或浅传统文化的底蕴，看到文脉流转的历历印迹，他们固然"吐纳英华，莫非情性"，而另一面，却也能娴熟地放言遣辞，令"我才之多少，将与风云而并驱"，同时，在一个新的时代，将汉语言推向一个新的境界。的确，对传统，后人不唯要认同，更要尊敬，或者，唯在尊敬中，才有更深切的认同。我们许多人的文字不好看，不耐看，先要检讨的就是对传统不够尊敬，且是"打小儿"就不够尊敬，当然，也缺乏诚心诚意的认同——中华文脉自是与之无缘。

　　当然，单是因循传统也是不行的，鲁迅早就说得好，"采用外国的良规，加以发挥，使我们的作品更加丰满是一条路；择取中国的遗产，融合新机，使将来的作品别开生面也是一条路"（《且介亭杂文·〈木刻纪程〉小引》）。鲁迅的识见，允为有识者所首肯。余光中调侃自己是艺术上的"多妻主义者"，其实就是"拿来主义"：不拘一格，广采博取，闳其中而肆其外。海外散文名家，多为学者，是一大优势。虽然，精于某一专门学问，确也未必就能做好文章，斯学也，或更应是指一种博雅厚实的人文学力，余先生和他的同道有幸获此学力，诚令人歆羡，而更令我们看重的，是他们不平凡的襟抱与目标——他们并不是只为了写出几篇漂亮文章，扬芬文苑而已，而是冀望汉语言的精心重铸与再现辉煌。此应为所有书写方块字的作者之共同愿景。

　　"文律运周，日新其业。"（刘勰）中华文脉婉转曲折，如今已是春水漫溢，它必定与日俱新，流传永远。

　　是编铨次之余，对此我良久思之。

2009年